周蓓 主編

『民國專題史』叢書

餘祥森 編著

河南人民出版社

德意志文學史

本書較完整地介紹了德國文學的發展概貌，介紹了德意志民族之起源、德意志語言之變遷，從語言的角度把德國文學分爲三個時代，即古高地德語時代、中古高地德語時代、新高地德語時代

圖書在版編目(CIP)數據

德意志文學史 / 餘祥森編著. —鄭州 : 河南人民出版社, 2016. 10
(民國專題史叢書 / 周蓓主編)
ISBN 978-7-215-10489-1

Ⅰ. ①德… Ⅱ. ①餘… Ⅲ. ①文學史-德國 Ⅳ. ①I516.09

中國版本圖書館 CIP 數據核字(2016)第 256661 號

河南人民出版社出版發行
(地址 : 鄭州市經五路 66 號　郵政編碼 : 450002　電話 : 65788063)
新華書店經銷　河南新華印刷集團有限公司印刷
開本 710 毫米×1000 毫米　1/16　印張 11
字數 110 千字
2016 年 10 月第 1 版　2017 年 1 月第 1 次印刷

定價 : 71.50 圓

出版前言

中國現代學術體系是在晚清西學東漸的大潮中逐步形成的。至民國初建，中央政治權威進一步分散和削弱，加之新文化運動帶給國人思想上的空前解放，新學的啓蒙，新知識分子的産生，民國學術如草長鶯飛，進入一個自由而蓬勃的時代。中國傳統學科乃中國學術之根基與菁華所在，民國學人采用『取今復古，别立新宗』之方法，引入西方的學術觀念，積極改造，使史學、文學等學科向現代學術方向轉型。此外，大力推介西方社會科學的新學科和自然科學，在學習、借鑒乃至移植西方現代學術話語和研究範式的過程中，逐漸建立中國現代學科，使中國的學科門類迅速擴展。一時間，新舊更迭，中西交流，百花齊放，萬壑争流，開創了中國現代學術的源頭。

伴隨知識轉型和研究範式轉换而來的，還有學術著作撰寫方式的創新。中國古代的著作向來以單篇流傳，經後人整理匯編後，方以成册成集的面目出現并持續傳播。直到十九世紀末，東西方的歷史編撰體裁不外乎多卷本的編年體、紀傳體和紀事本末體等，章節體的出現標志着近代西方學術規範的産生和新史學的興起。章節體具有依時間順序，按章節編排；因事立題，分篇綜論；既分門别類，又綜合通貫的特點。以章、節搭建起論述之框架，結構分明，邏輯清晰，較傳統的撰寫體裁容量大、系統性强。它的傳入，使中國現代學術體系從内容到形式被納入了全球化的軌道。民國時期專題史的研究、譯介、編纂、出版恰恰是在這樣的背景下欣欣而發，是學術的實驗場，也是歷史的記録儀。編選『民國專題史』叢書的初衷正是爲了從一個側面展示中國學術從傳統向現代過渡的歷史進程。

專題史是對一個學科歷史的總結，是學科入門的必備和學科研究的基礎，也是對一個時代艱深新鋭問題的解答，是學術研究的高點。民國專題史著作中，既包含通論某一學科全部或一時代（區域、國别）的變化過程的，又囊括對一時代或一問題作特殊研究的，還有少部分是對某一專題的史料進行收集的。原創與翻譯并重，翻譯的底本大多選擇該學科的代表著作或歐美大學普及教本，兼顧權威性和流行性，其中日本學者的論著占據了相當比重。日本與中國同屬東亞儒家文化圈，他們在接納西方學術思想和研究模式時，已作了某種消化與調適，從思維轉換的角度看，更便于中國借鑒和利用，他們的著作因而被時人廣泛引進。

與當代學術研究日趨專業化、專門化、專家化的『窄化』道路迥乎不同的是，中國傳統學術崇尚『學問主通不主專，貴通人不尚專家』的通識型治學門徑，處于過渡轉型期的民國學術在不同程度上保留了這種特徵。民國學術大師諸學科貫通一脉，上千年縱横捭闔之功力自不待冗言，外交家著倫理政治史、文學家著哲學史、化學家著戰爭史等亦不乏其人，民國專題史研究呈現出開放、融通、跨界撰述的特點。與此同時必須看到，自晚清以來，中國的命運就在外侮屢犯、内亂頻仍的窘境中跌宕彷徨，民族存亡仿若命懸一綫。這股以創建學科、總結經驗、解决問題爲指歸的專題史出版風潮背後，包裹着民國學人企望以西學爲工具拯民族于衰微的探索精神，及以學術救亡的愛國之心。梁任公曾言：『史學者，學問之最博大而最切要者也，國民之明鏡也，愛國心之源泉也。』這種位卑未敢忘憂國的歷史使命感和國民意識是今人無法漠視和遺忘的。

『民國專題史』叢書收録的範圍包括現代各個學科，不僅限于人文社會科學，學科分類以《民國總書目》的分科爲標準，計有哲學、宗教、社會、政治、法律、軍事、經濟、文化、藝術、教育、語言文字、中國文學、外國文學、中國歷史、西方史、自然科學、醫學、工業、交通共19個學科門類。本叢書分輯整理出版，内不分科，單本發行，方便讀者按需索驥。既可作爲大專院校圖書館、學術研究機構館藏之必備資源，也可滿足個人研讀或興趣之收藏。

與目前市場已有的一些專題史叢書相比，『民國專題史』叢書具有規模大、學科全、選本精、原版影印的特點。本叢書選目首重作者的首創、權威和著作影響力，尤其注重選本的稀見性。所謂稀見，即建國後没有再版，且多數圖書館没有收藏，或即便有收藏，也是歸于非公開的珍本之列予以保存，普通讀者難以借閲。部分圖書雖有電子版，但作爲學術研究的經典原著讀本，紙質版本更利于記憶和研究之用。本叢書精揀版本最早、品相最佳的原版圖書作爲底本，因而還具有很高的版本收藏價值。

『民國專題史』的著作是民國學者對于那個時代諸問題之探究，往往有獨到之處，無論其資料、觀點短長得失如何，要之在中國現代學術史的構建與發展進程中，自有其開宗立論之地位。

德意志文學史

目錄

第一章　德意志民族之起源……一
第二章　德意志語言之變遷……三
第三章　德意志文學概說……五
第四章　古高地德語時代之德意志文學……一七
第一節　八世紀以前之德意志文學……一七
第二節　喀羅隣朝之德意志文學……一八
第三節　薩克森朝之德意志文學……一九

第五章　中古高地德語時代之德意志文學……二一
第一節　法蘭克朝之德意志文學……二一
第二節　斯陶芬朝之德意志文學……二一
第三節　皇統無定時代之德意志文學……二四
第六章　新高地德語時代之德意志文學……二六
第一節　文藝復興前期之德意志文學宗教革命時代……二六
第二節　文藝復興後期之德意志文學三十年戰爭時代……二九
第三節　啓蒙時代之德意志文學……三一
第四節　古典文學時代之德意志文學……三六
第五節　同時代中之過渡學派文學……五三
第六節　浪漫文學時代……五七
第七節　少年德意志派文學或政治的浪漫文學時代……六七

第八節　浪漫派復興與寫實派擡頭時代……七六
第九節　寫實派後期時代之德意志文學……九四
第十節　自然派極盛時代之德意志文學……一〇二
第十一節　反自然派時代之德意志文學……一一二
第十二節　表現派出現時代……一四一
第七章　結論……一五三
附刊
(1)作者索引……一五五
(2)名著年表……一五九

德意志文學史

第一章　德意志民族之起源

現代的德意志人，原是古日耳曼人之一支。這日耳曼人和希臘人，羅馬人同屬於雅利安人。他們的原始住地，在現在的韋克塞爾（Weichsel）及威塞耳（Weser）河之間，而蔓延至斯干的那維半島。語言，風俗，宗教爲他們各民族間共通的聯絡線。後逐漸繁衍，分爲東日耳曼人與西日耳曼人兩大派。至二三世紀時，已成爲五大派：曰薩克森人（Sachsen）（在北海之濱，易北 Elbe 與來因 Rhein 河之間；）曰法蘭克人（Franken）（在佛爾達 Fulda 與馬斯 Maas 二河間之來因河兩岸；）曰阿拉曼人（Alamannen）（自來因河源直至服革森 Vogesen 與勒喜 Lech 間之馬因 Main 河兩岸；）曰屠林根人（Thüringer）（在威剌 Werra 與穆爾得間之馬因河以北之地；）曰哥德人（在多瑙河以北之地。）

至公元三七五年，匈奴人(Hunnen)越黑海征入東哥德人時，於是日耳曼人中起了大遷徙的大波動。他們棄卻易北河以東之地，向南向西發展，遂爲羅馬帝國之大患。各支派各據其地，自成一國。迄至五世紀末墨羅溫朝（Merowinger）征服四隣建法蘭克國（Frankenreich），中間又受阿剌伯人之侵凌，各派又復渙散。及喀羅隣朝(Karolinger)法蘭克國復興，至卡爾大王(Karl der Grosse 768-814)時，日耳曼人之勢力東至波希米亞(Böhmen)，南至意大利北部，東至西班牙，北至北海之濱。及卡爾大王死後，其孫三人分王其地：路易(Ludwig der Deutsche)分得東法蘭克，來因右岸及左岸少部之地，是爲德意志國之始基；卡爾（Karl der Kahle）分得西法蘭克之地，是爲法蘭西國之始基；羅塔（Lothar）則得意大利，中法蘭克之地。而羅塔之嗣絕後，路易與卡爾又中分其地。於是當時之德意志已奄有今之德國西邊，奧國瑞士荷蘭及亞爾薩斯羅林諸地。其中日耳曼人占大多數（至於東法蘭克國內之人民則以羅曼人Romanisch 占大多數）是爲德意志民族成立之起源。

第二章　德意志語言之變遷

我們依上述可知現代的德語，也是由日耳曼語脫化出來。

原始日耳曼語因遷徙與方言的關係，遂分為三派：（1）東日耳曼語（Ostgermanisch）或哥德語(Gotisch)，（2）北日耳曼語（Nordgermanisch）或斯干的那維語（Skandinavisch），（3）西日耳曼語（Westgermanisch）或原德語(Urdeutsch）。到了六七世紀之後，這原德語因了變音的關係，又分為兩支，他的語界是自亞亨（Aachen）起直向波森（Posen）方面延去；（1）是低地德語（Nieder-deutsch,）他的副音是原德語那麼強硬；（2）是高地德語（Hochdeutsch）他的副音卻柔化了。

屬於低地德語的有：(1)尼德蘭語，即今之荷蘭語所自出；(2)為低地薩克森語(Niedersächsisch)；（3）為盎格羅薩克森語（Angelsächsisch），他與諾曼語（Normanisch）合成為今之英語。

屬於高地德語的有：（1）中德高地法蘭克語（Hochfränkisch）；（2）中德東部之高地薩克森語(Hochsächsisch,)是為後來德國文字上公共語言之基；(3)西南德方面之阿利曼語（Alemannisch）；

（4）東南德方面之巴威奧地利亞語（Bayerisch-österreichisch）。

德國之文化是自南徂北，所以高地德語在文學上，實比低地德語遠有價值。而高地德語又經三階級之發展．

（1）古高地德語，自八世紀至十一世紀。

（2）中古高地德語自十一世紀至十六世紀。

（3）新高地德語以路得之聖經爲始，至今衍爲德意志全國通用之文語，連今之瑞士北境，奧國全部皆屬之，故爲同文之國。現在之德意志文學，卽以公用此種語言者爲收羅範圍之標準。

德國之文字，始自烏爾菲拉斯（Ulfilas）（四世紀初，）他創始哥德文字，以譯成聖經。

德語的內容很豐富，而且含有詩意，但嫌略帶生硬；所以有時不大明晰；這或者根於德人木強與質直的天性。

第三章　德意志文學概說

德國文學，固然有很久的壽命，但是他的眞正的發育時期，是在十七世紀以後，而燦然茂發的，卻在十八世紀後期以來。歸結一句，不過二百年的時間而已。故其得在世界文壇上占一席的，是自古典派爲始，其創作以詩歌爲最擅長；在世界文學中首屈一指。其次爲戲劇，尤長於悲劇與詩劇。再次爲小說，尤以鄉土小說與社會小說。其世界的有名作家，在劇方面有歌德，席勒爾，赫伯爾，格利帕齊，蘇德曼，霍卜特曼；在詩方面有歌德，席勒爾，烏蘭，海涅，尼采，利利恩克倫，德麥爾；在小說方面有薇蘭，歌德，斯圖謨，蘇德曼，霍卜特曼諸人。各派中長於抒情敍事詩歌的有古典派，浪漫派，象徵派，表現派。長於歷史劇與愛國劇的有古典派，浪漫派及寫實派。長於社會劇的有寫實派及自然派。長於詩劇的有古典派，浪漫派與象徵派。長於喜劇的有古典派，浪漫派，寫實派，自然派。長於社會小說的有寫實派與自然派。長於鄉土小說的有寫實派，自然派，印象派。長於言情小說的有浪漫派與印象派。長於歷史小說的有浪漫派與寫實派。長於故事的爲浪漫派與新寫實派。長於敍述的爲寫實派，印象派與自然派。

現在把各種文學作品分類於下：

一　詩（Gedichte）

詩中成績最佳而出品亦最多的是抒情詩（Lyrik）。個中聖手，首推歌德，（Goethe），他於思想觀察，敍事描寫各方面的作品無不佳妙。又如席勒爾（Schiller）之詩集，海涅（Heine）之「歸來集」，麥立克（Mörike）之「日出前之冬農」，等格洛特（Groth）之「人生之源」，利利思克倫之「荒地旅行者」，亨刻爾（Henkell）之「世界音樂」，刻涅（Keller）之「葡萄搾廠」，尼采（Nietzsche）之兩大類詩集。德麥爾（Dehmel）之「超脫」，佐治（George）之「心靈之年」，里爾克（Rilke）之「畫像集」，和夫曼塔爾（Hofmannsthal）之「詩歌與小戲劇」，紹卡爾（Schaukal）之「選詩」，衛耳斐爾之「世界之友」，都是極上乘的作品。又如喀拉狄烏斯（Cladius），君特（Günther），克羅卜斯托克（Klopstock），烏蘭（Uhland），該伯爾（Geibel），格賴夫（Gref）斯圖謨（Storm），革特（Gött）都是能手的抒情詩人。

其次就推敍事的抒情詩（Balladen）。此爲抒情詩中之一格；故其長者也推歌德，舍他之外，就推勒瑙（Lenau）；他的「勒諾勒」譽滿全德。還有浪漫派詩王烏蘭之「盲王」等篇，詠愛情的瑟斐爾之「塞欽思喇叭手，」該伯爾(Geibel)之「替拍立烏斯之死」詩哲尼采之「罕斯之倔強」等篇，都是極名貴的作品。

在德國文學中有一種作品最爲特色的是敍事詩(Epos)。他的出現最早九世紀時已有「赫利安」出現，在中古民衆方面最著名的是「泥柏隆根歌」和「谷德綸歌」二篇，騎士方面最著名的是「可憐的亨利，」與「帕稷法爾。」至歌德的赫爾曼和「多洛退亞」出現，此種作品已臻化境。同時如克羅卜斯托克之「麥息亞斯，」薇蘭之奧拍倫，赫德之「誓言；」其後如海湼之「史集集，」該伯爾之「小吐利芬特，」赫伯爾(Hebbel)之「母與子，」路透(Reuter)之「不是故土，」格洛特之「木壺，」邁爾之「胡騰之最後數日，」韋柏之「十三株菩提樹，」德麥爾之「兩人，」兌布勒之「北光，」都是世界文壇上難得的傑作。

又次是哲詩(Philosophische Gedichte)在這裏我們首數席勒爾的「鐘之歌」與尼采的「察拉圖斯特剌這樣說」二篇，這世界的名著還有洛塞革(Rosegger)的「戒忒琴與刀砧」及「松脂與松針，」也是獨特的傑作。

此外還有政治的詩(Politische Gedichte)以海湼之「阿塔特洛爾」爲代表，而自由思想派詩人與政治的詩人皆有零篇斷片的作品，夫賴力格剌特其尤著者也。

二　歌（Lieder）

歌中以民歌（Volkslied）爲最多，自十三世紀以來就有「假使我是一隻小鳥」這一類歌流傳全社會。宗教革命時代之胡騰（Hutten），爲培育此種作品之功臣，及赫德之「歌中之民意」出後，德國民歌乃大興。是後如布棱塔諾（Brentano）與阿尼謨合著之「少年的魔笛」，烏蘭之「我有一個同伴」等篇，豪夫之「門前井畔」等篇，沙克（Schaek）之「沙菲之歌集」和爾次（Holz）之「鑄錫匠」等，都是民衆常不脫口的歌曲。他如歌德，愛亨多夫，勒瑙，諸人都有此類極佳的作品。

其次就是自然歌（Naturlied），自克來斯特（Kleist）之山歌（Idyll），「春」，「伊靈」等出後，德國的自然詠歌漸被人注意了。自是之後，如君特，歌德，烏蘭等，皆有此類歌詠。喀拉狄烏斯之「馬鈴薯歌」，愛亨多夫之「旅行歌」，普拉騰之「故鄉歸來」等篇，尤爲這類作品的代表。

又有讚美歌（Psalmen），其由來已久，中古以來即有馬利亞歌出現，及路得時教會詩歌最爲盛行。至文藝復興時代，此種歌更爲精進。及啓蒙時代，革勒特（Gellert）出現，於是教會詩歌已達頂點。自是之後，尤其克羅卜斯托克與浪漫派詩人皆有此種作品出現，尤以烏蘭的「這是主之日」等篇爲最膾炙人口。至於晚近，此種作品已漸衰矣。

又有一種歌謠，爲德國民族性表現之特徵，就是戰歌(Krieglied)。此種作品，由來已久，在德國文學各期中，在在都可窺見這一類的作品；其中最爲流行的爲克來斯來之「頌普魯士軍隊歌」，安特(Arndt)之「喇叭曲」等首，刻湟(Keller)之「戰前團結歌」等首，呂刻特之「這男子勇哉」等首，史悲爾哈根(Spielhagen)之「從軍去」，吉爾霍卜特曼之「戰爭」等首，都是如火如荼的刺激詩歌。

與戰歌連帶關係的是愛國歌(Lied der Vaterlandsliebe)，自瓦爾忒(Walter)的「我坐在他的石上」等歌出後，德國的政治歌漸呈湧躍，及自由詩人安特，申娶多夫，呂刻特諸人，都有極名貴的愛國歌創作。而最爲世界聞名的是法勒雷本(Fallersleben)之「德國國歌」。於此可以窺見德人的愛國之熱烈。

最後還有樂歌及戀歌(Freudlied und Minnesang)，尤以後者自中古以來即已抬頭，瓦爾忒的作品其明證也。其後此種歌謠降爲匠歌，至罕薩克斯(Hans Sachs)而復興。至歌德克羅卜斯托克，及浪漫派諸詩人都有此類作品，而以歌德，席勒耳二人合著的唱酬集，與格賴夫的醉歌集「娛樂」爲最有名。

三　劇(Dramen)

德國之劇如其詩，也是長於悲憤，而短於諷刺。所以我們論他的劇，也是從悲劇(Tragödie)起。悲劇中又分三大類：

（1）是史劇(geschichtliche D.) 自歌德的「伊菲格尼」「塔索」「革次」等劇，席勒爾的「華倫斯泰因」「馬利亞」「斯圖亞特」等劇貢世之後德國史劇的基礎大固。自是之後，格利帕齊(Grillparzer)的「薩坡」及「金革皮」，赫伯爾之「泥柏隆恩」等劇，路易(Ludwig)之「馬卡巴人」等劇，遂次第出現。

（2）是社會劇(soziale D.) 這種劇發祥於席勒爾之「刼賊」等三劇。繼他而起的有赫伯爾之「基革斯」，路易之「世襲林師」，安層格魯柏之「第四誡」等，蘇德曼之「名譽」等，霍卜特曼之「機織工」等皆極名貴；他如申赫耳(Schonherr)，罕得爾馬策提(Handelmazzetti)，德麥爾，和夫曼茲塔爾(Hoffmansthal)卡爾霍卜特曼等，皆有他們的此類作品貢世。

（3）是愛國劇(vaterl ndische D.) 此種劇成功於克羅卜斯托克；他的「赫爾曼之戰」等三劇，實為後人之模範。及席勒爾之「奧爾良少女」與「威廉忒爾」二劇出後，愛國劇的光焰遂極燦發。自是之後，代有此類作品，而以烏蘭之「巴威人路易」與士密特蓬(Schmidtbonn)之「被占領人之城」二劇，為最出色。

與悲劇相近而別成一格的有二種：

（1）是哲劇(Philosophische D.) 這種創於勒新之「哲人拿但」至歌德之「浮士德」出世後，德國之哲劇遂冠絕全球。後此如印麥曼(Immerman)之「麥耳林」(Merlin) 及衞斐爾之「鏡中人」，都是這一類的作品。此等作品皆用詩體，故又有劇詩之稱。

（2）是歌劇(Oper od Musikdrama) 此種劇最難寫，在德國惟瓦格涅成功。他的「泥柏隆恩的戒指」數劇，在文壇上獨樹一幟。

與悲劇相對的爲喜劇(Komödie) 此種劇首創於格里菲烏斯之「和里比力克里布里法斯」一劇。及克來斯特之「打破了的提壺」出後，德國之喜劇在世界文壇上方能立足。此後如格利帕齊之「可憐說謊者，」夫賴塔之「新聞記者，」魯厄德勒(Ruederer)之「祭旗，」托馬(Thoma)之「道德，」鄂圖伊倫斯特之「做教育家的夫拉斯曼，」哈特之「細麟與革耳特倫德，」卡爾霍卜特曼之「鵓鴣，」都是這種作品的傑作。

還有克羅卜斯托克之「亞丹之死」等三聖經劇，格利帕齊之使徒行傳劇「立部薩，」都是神劇之一格。若夫霍卜特曼之「白人的救世主」與「海貍之皮，」及哈特雷本(Hartleben)之「結婚的教育」，則又是諷劇之一格。

四　小說(Romane u. Novellen)

小說在體裁上分為二種：凡專一問題，限定時間，縮小篇幅的為短篇小說(Novellen)；反是則為長篇小說(Roman)。

德國小說作家中兼擅長短篇的有理喜忒(Richter)，麥立克邁耳(Meyer)，洛塞革剌柏(Baabe)，開塞令(Kayserling)，托馬斯曼(Thomas Mann)，亨利斯曼(Heinrich Mann)，斯悲爾哈根，赫塞，柏勞(Böhlau)，擦安(Zahn)諸人。

以長篇小說擅長的有薇蘭，歌德，厄布湼(Ebner)，刻勒曼(Kellermann)，蘇德曼，霍卜特曼，谷次科夫(Gutzkow)，阿勒克息斯(Alexix)，夫賴塔(Freytag)，塔馬(Thoma)，蓬吞(Ponton)，瑟斐爾(Scheffel)，賴曼(Reimann)諸人。

以短篇小說擅長者有愛痕多夫，德洛斯忒，克來斯特，海最(Heyse)，斯圖謨(Storm)，士尼次湟(Schnitzler)，格利帕齊，庫耳次(Isolde Kurz)，里爾克(Rilke)，申赫耳(Schönherr)，和夫曼茲塔爾諸人。

以小說的內容來說，那末在德國文學中最多的，還推社會小說（soziale R.），自薇蘭的「愚人」之後，就有夫賴塔之「人欠欠人」，洛塞革之「森林牧師」，剌伯之「饑牧師」等。其後更有林道（Lindau）之「向西去的列車」，斯悲爾哈根之「成爲問題的人物」，刻勒曼之「十一月九日」等篇，谷次科夫之羅馬衞士蘇德曼之「憂愁夫人」，等，霍卜特曼之「使徒」，等，柏勞之「母親的權限」，等，赫塞之「德米安」等，都是文壇上有聲有色的作品。

其次就推鄉土小說（Dorf und Heimatromane）開始作成功此種作品的是路易他的「在乎天地之間」，終古不致磨滅。其後有安層格魯柏之「恥之玷」等，德洛斯忒之「猶太簿籍」，洛塞革之「森林故鄉」等，擦安之「溶雪風」等，赫耳左喜（Kerzog）之「低來因」，坡楞次之「普來登多夫之牧師」，斯特勞斯（Strauss）之「赤裸裸的人」，皆是此中名品。而夫棱森（Frenssen）之「約翰烏爾」與托馬之「服斯特」，則更進而以農村爲對象。

又次就是歷史小說（Geschichtliche Romane）德國小說家每喜採材於歷史方面，故其小說多含史實。其中最稱巨著的是社斐爾之「厄克哈特」，其次就推阿勒克息斯（Alexis）之「柏林之羅蘭」等篇及厄布勒之「埃及公主等篇。」

在言情小說(Liebesromane)中，首推歌德之「少年維特之煩惱」，其次如路易之「海忒涅泰」與士尼次涅之「賣蘭夫人」等篇。而斯圖謨之全部短篇小說集與海最之全部短篇小說集，尤卻是言情小說的結晶品。

他如利利思克倫之戰爭短篇小說集與開塞令之思想小說集，都是德國小說界中之別開生面者。

五　其他之散文作品(Andere prosaische Werke.)

在此類作品中首推故事(Geschichte)最為膾炙人口的，是路透的「香謝了的甘菊」，與厄巴哈之「黑林鄉村故事」。他如中赫耳之卡立塔斯，托馬之「惡少故事」，士密特蓬之「奇樹」，尉爾登布魯胡之「兒童淚」與伊倫斯特之「不願回顧」，也都是其中最佳的作品。

與故事相近的是敍述(Erz hlungen)此種作品在德國文學中也隨代皆有，然而著名的還是在晚近以來。其中以洪保德(Hombold)之「自然之意見」與「宇宙」開其端，斯替夫忒(Stifter)之「研究集」成其功。其次如弗朗沙之「罕斯雅谷」，庫耳次之「意大利敍談」與芬克之「玫瑰博士」等，都是文壇中的珍品。

與前二者相近，而帶有諷刺的性質的，是寓言(Tabel)與諧文(Satire)，前者中首開其端的是勒新薇蘭赫德諸人。後者以罕薩斯之「笑林集」創始。其後部士(Busch)的「慈善的赫勒內」一些滑稽作品，最為特出而路透的笑林逸事與雋語，尤為其中聖品。

還有一些兒童作品(Werke für Kinder)首創著名童話的為諾發力斯(Novalis)，而格麟(Grimm)兄弟二人合作之「兒童和家庭的童話」，呂刻特(Rückert)之「兒童故事集」，卡密索之「滑稽童話」「彼得」士勒密爾，豪夫之「童話集」，穆勒之童話小說「烏第涅」，格洛特之兒童故事「服耳得格勒」，德麥爾之「幼稚園」，以及和夫曼塔爾之童話劇「各人」，都是文壇上的名著。

還有遊記中有卡密索之環球旅行記，與海涅之旅行記，日記中之赫伯爾之日記，刻爾之「光線下的世界」，與刻涅曼之戰事日記，格言集(Aphorismen)中有厄布涅之格言集，與革特之「革特遺訓錄」，皆是獨抒機緒的名品。

最後說到批評(Kritik)此種作品，由來頗早，自勒之「文學尺牘」等作，赫德之「德意志文學斷片」等作出世後，德國之批評學乃始昌盛。自是之後，代有名家，如丸革涅之對於戲劇，尤其歌劇，夫賴塔之「過去的德國情景」等作，林道之「文學的沒遮攔」，刻耳(Kerr)之「光線下的世界」中之大部分，胡蝴(Huch)之「浪漫派興衰記」與厄德士密特之論表現派，都是批評作品中之翹楚。

現在我們順年代略述德國文學之變遷及各個人的品性與作品，各述於下。

第四章　古高地德語時代之德意志文學（八至十一世紀）

第一節　八世紀以前之德意志文學

關於日耳曼人的消息傳流到外界的時代，已經很早了。初公元前四世紀時，有希臘地理學家畢德亞斯（Pytheas von Marseille）嘗航行至北海之濱，歸著「洋海」（Vom Ozean）一書。後五百年（公元約一〇〇）塔西陀（Tacitus）著了「日耳曼」（Germania）一書，盛稱德人之忠勇，和靄，並言當時德人已有所謂神歌，戰歌及輓歌等。是爲外人關於德國風土民情及其文化之最初報告。及民族大遷徙時，哥德人因首先與希臘，羅馬人相接觸，故亦首先皈依基督教，上述之烏爾斐拉斯（Ulfilas）神父其尤著者也。又因與異族接觸奮鬬之結果，故有德意志英雄故事之產生（約三七五。）但是其時一般日耳曼民族，猶是殘忍好殺迷信守舊之野蠻民族，故無文化可言。到了墨羅温朝之法蘭克國成立之後，文物制度，漸次萌生。於是德國境內漸有愛爾派（Irisch）與法蘭克派（Fränkisch）之傳教團，名城大市間亦有教堂之設立，其任務專以傳布基督教與介紹羅馬文化爲主，於是德意志文學方始產生。

第二節　喀羅隣朝之德意志文學

及逢尼非細阿（Ponifatius）（719–745）正式受教皇格里哥二世（Gregor II）之命，開始向德國傳教時，於是著名之「喜爾德布蘭歌」(Hildebrandslied) 遂於七五〇年左右出現於佛爾達（Fulda）寺院中。是爲德意志文學正式之紀元。這是用頭韻(Stabreim)寫的，至今殘缺不全的英雄歌。其餘用頭韻寫的還有：「麥塞堡咒語」(Merseburger Zaubersprüche,)「威索布綸禱祠」(Das Wessobrunner Gebet)與「穆爾匹力」(Muspilli.)。

及卡爾大王統一日耳曼各民族，建設「德意志民族羅馬帝國」之後，遂銳意提高國內教士階級，促進教育。他招致外國教士，學者，詩人，設立宮室學校於亞亨及小學校於各寺院及教堂內。於是法蘭克國內以古代文化爲基礎之精神的生活，乃以實現，而拉丁文學亦得漸起於德國境內；是爲喀羅隣朝之文藝復興時代。

卡爾同時還致力於編纂德語之文法，搜集德語之模範說教文，以德語名月令及風向，搜集古代德意志英雄歌，輸入拉丁字母，繙譯拉丁文件；是爲德國文語之始基，亦卽德國散文之嚆矢。

八三〇年有「赫利安」(Heliand)之出現，著者不詳，是爲一本聖經史詩，亦卽一本眞正的民衆史詩，係用薩克森語的頭韻寫的。

八七〇年復有奧特夫里特(Otfrid)的「福音書」(Evangelienbuch)一書之出現，與「赫利安」同爲基督教之宣傳品；是爲古高地德語的尾韻(Endreim)寫的之名著。

第三節　薩克森朝之德意志文學

自九一九至一〇二四年爲薩克森皇朝統治之時期。其時皇室欲藉教士階級以抑制王侯，於是形成教士的官僚階級，於是從前獨立的自由人日以減少，而封建的食邑日以加多。德意志民族羅馬皇室不特可以控制諸侯，幷可以指揮隣國及保護教會。此種教會政策與意大利境內古典文字研究之結果，遂復造成純以拉丁，希臘文學爲教育中心之薩克森文藝復興時代。聖加棱(St. Gallen,)，甘得失謨(Gandersheim,)，忒根舍(Tegernsee)等寺院遂爲教化的中心地。如厄克哈德(Eckehard)用六脚韻寫的「瓦爾特哈留的強硬手腕」(Waltharius manu fortis)，希洛次威塔(Hrotswitha)仿普羅圖斯

(Plautus)與忒棱求(Terenz)而作的「使徒行傳與戲劇，」用六脚語寫的小說「盧奧德利布」(Luodlieb)及威杜欽特(Widukind)著的(Res gestae Saxonicae)等都是用拉丁語寫的。

唯獨諾忒耳(Nother (952-1022))一人獨自努力於德語之創作，他用流暢美麗的散文來譯古典文學的頌歌(Psalmen)及其他作品，於是德語散文之基得以穩固。

第五章 中古高地德語時代之德意志文學（十一世紀至十六世紀）

第一節 法蘭克朝之德意志文學

自一〇二四至一一二五年爲法蘭克朝統治之時代。在這時代德意志勢力及於勃根第（Burgund）與意大利。教會勢力亦逐漸伸展，雖然未能達完全獨立的地位，但已隱然與王侯對抗了；但皇室猶倚之以制藩鎮。其時教會之規律亦嚴，有「脫離一切俗累」之口號，故頗得一般民衆之景仰。同時窩牧（Worms）哥隆（Köln）與格斯堡（Augsburg）因處南北交通之孔道，於是商業手工業漸興。教會則努力於文藝與科學之介紹，羅馬式之建築法亦被輸入。故其時德意志文學依然以拉丁文爲工具，但所謂民衆語之德意志語（thiudisca lingua, das Deutsche）已漸成爲文語了。此時著名的作品中有用拉丁語寫的神劇，年代記等；用德語著的有使徒行傳「馬利亞歌」（Marienlieder）及摩西書前兩卷的詩集。

第二節 斯陶芬朝之德意志文學

自一一三八至一二五四年爲德意志的高地斯陶芬(Hochstaufen)皇室統治之時代，又正是十字軍極盛的時代，所以結果教會與教皇的勢力陡大，海外貿易發展，意大利諸都市尤爲繁盛，東方的思想與知識逐漸輸入，騎士階級逐漸強盛。於是在建築方面有「哥特」式(Gotik)的構造出現；在哲學方面有教會式的煩瑣哲學(Scholastik)發生。於是文藝的氣運遂也日趨繁盛，當時有三種文學作品最爲著名：

第一種是民衆敘事詩(Volksepos)其中最著名的「泥柏隆恩歌」(Nibelungenlied)，(約一一九〇)是寫栖格夫里(Siegfried)與克里恩熹德(Kriemhild)戀愛的經過及栖氏被殺克氏復仇的情形，是古代來因多瑙河間一段故事；一方暗表基督教的精神，一方暗表德意志人的忠實和貞靜。還有一本是「谷德綸歌」(Gudrunslied)(約一二一〇)，是寫愛爾蘭王哈根與其妻熹爾德(Hilde)所生之女谷德綸經了十年的苦節，乃得受未婚夫的搭救，與他團圓，是古時北海之濱的一段故事；立意是表示德意志婦女貞節和忍耐。這二首長詩是德國中古文學中的結晶品。

第二種是騎士敘事詩(Das Rittersepos.)

這種作品的作者是在法國所謂特魯味派(Trourères)(北法敘事詩人)與特魯巴杜派(Troubadour)(南法敘事詩人)是也。他們作品是以「宮廷小說」(Der Höfiche Roman)爲主。德國方面關於此類的作品，不外摹仿與改造而已。

這派的德國領袖是著「厄奈特」(Eneit) 的亨利豐味爾德刻 (Heinrich von Veldeke)（約一一九〇年。）繼他而起的有三人：（１）是著「可憐的亨利」(Der arme Heinrich)的哈特曼豐奧厄(Hartmann von Aue)（約一二〇〇；）（２）是著該時代最佳的史詩「帕稷發爾」(Parzival)的厄申巴哈(Wolfram von Eschenbach （約一二〇五；）（３）是改作法國小說「特里斯坦與伊索爾德」(Tristan und Isolde) 的哥特夫里 (Gottfried von Strassburg) （約一二〇五。）

第三種是恭維的抒情詩(Die h fische Lyrik（戀歌 Minnesang)

這時候德國民衆抒情詩都是取材於情歌 (Lieblieder)，自然詠品 (Naturlieder) 與舞歌 (Tanzlieder)；這是由於一般騎士讚揚婦女，王侯，神祇提倡出來的。到了瓦爾忒 (Walter von der Vogelweide) (1165–1230)方纔大成。他不特是德國民歌的創始者，而且是愛國歌的首唱者。在他的戀歌(Minnelieder) 中有：「荒野畔菩提樹下」(Unter der Linde, an der Heide)；在他的政治歌中有：「我坐在他的石上」(Tch sass auf seinem Stein)；在他的雜詩中有：「誰擊獅子」(Wer schlägt den Löwen) 都是極名貴的作品。

第三節　皇統無定時代之德意志文學（一二五六——一四九三）

在這時代，德國皇統最爲紛亂無定，其始英王入繼大統，其次巴奧二國王爭長，又次則盧森堡皇室稱尊，終乃由哈布斯堡皇室定統。故其時皇室全失其力，各都市逐漸強大；其始有來因同盟（Rheinischer Bund），其後復有漢撒同盟（Hansa），士威賓都市同盟（Schwäbischer Stadt-Bund），其後又有南德都市諸同盟（süddeutsche Städtebündnisse）以抗王侯與騎士。同時商業繁興，大規模之營業漸起，壓迫農業與地主，於是中德方面之貴族亦結種種同盟，以抗王侯與都市。於是騎士的橫暴，武力的制裁，以及凶年，瘟疫，刀兵水旱等相尋不已。

於是騎士的宮堡漸失了文藝保護者的本色；從前所謂戀歌漸落於中下級的平民手裏，成爲所謂匠歌（Meistergesang）了。自一三〇〇年以來邁森（H. v. Meissen）所發起的藝徒學校（Meister schule）至是漸成爲唯一的教育機關。

此時卻有幾種文藝漸漸發展起來；（1）是戲劇，戲劇共分兩種：

（1）是莊劇或叫做神劇（Ernstes od. geistliches Drama）這是自十世紀以來由教會內祭神

時所盛行的合奏或唱和中發展出來的，其始用拉丁語，唱的只限於教士，藉以表揚神的莊嚴，鼓起人的信仰；至是漸易以德語，由俗人唱演，故其性質漸失莊重而趨於輕佻。

（2）是諧劇或叫俗劇(heiteres oder weltliches Drama) 他原是古時在懺悔節舉行的種種表演，如賽會，假裝，跳舞，趣語等等；至是脫化而成爲賞心娛目的懺悔節戲劇(Fastnachtsspiel)。

其次就是所謂眞正的文藝的民歌 (Volkslied) 也得流傳下去，並且各階級都喜歡欣賞他們，因此這時有不少佳作出現；如「難過的是離別與避面」(Ach Scheiden und Meiden tut weh)，「那谷裏一株菩提樹」 (Es stand eine Linde in jenem Tal)，「假使我是一隻小鳥」(Wenn ich ein Vôglern wär') 至今傳詠不衰。

又其次就是諷誨詩，最著名的有二；一是布藍特 (Sebastian Brant) 的愚人船(Narrenschiff) 與巴克胡森(Hermann Barkhusen)（約一五〇〇）改造的無名氏的獸詩賴因刻孤子 (Reynke de Vos 1498)。

又其次就是散文受了養成，蓋這時候有從韻文改爲散文的作品，有從希臘拉丁文譯成的散文。

第二節　皇統無定時代之德意志文學(一二五六—一四九三)

在這時代，德國皇統最爲紛亂無定，其始英王入繼大統，其次巴奧二國王爭長，又次則盧森堡皇室稱尊，終乃由哈布斯堡皇室定統。故其時皇室全失其力，各都市逐漸強大，其始有來因同盟(Rheinischer Bund)，其後復有漢撒同盟(Hansa)，士威賓都市同盟(Schwäbischer Stadt-Bund)，其後又有南德都市諸同盟(süddeutsche Städtebündnisse)以抗王侯與騎士。同時商業繁興，大規模之營業漸起，壓迫農業與地主，於是中德方面之貴族亦結種種同盟，以抗王侯與都市。於是騎士的橫暴，武力的制裁，以及凶年，瘟疫，刀兵水旱等相尋不已。

於是騎士的宮堡漸失了文藝保護者的本色；從前所謂戀歌漸落於中下級的平民手裏，成爲所謂匠歌(Meistergesang)了。自一三〇〇年以來，邁森(H. v. Meissen)所發起的藝徒學校(Meister schule)至是漸成爲唯一的教育機關。

此時卻有幾種文藝漸漸發展起來；(1)是戲劇，戲劇共分兩種：

(1)是莊劇或叫做神劇(Ernstes od. geistliches Drama)這是自十世紀以來由教會內祭神

時所盛行的合奏或唱和中發展出來的，其始用拉丁語，唱的只限於教士，藉以表揚神的莊嚴，鼓起人的信仰；至是漸易以德語，由俗人唱演，故其性質漸失莊重而趨於輕佻。

（２）是喈劇或叫俗劇(heiteres oder weltliches Drama) 他原是古時在懺悔節舉行的種種表演，如賽會，假裝，跳舞，趣語等等；至是脫化而成爲賞心娛目的懺悔節戲劇(Fastnachtsspiel)。

其次就是所謂眞正的文藝的民歌 (Volkslied) 也得流傳下去，並且各階級都喜歡欣賞他們，因此這時有不少佳作出現；如「難過的是離別與避面」(Ach Scheiden und Meiden tut weh)，「那谷裏一株菩提樹」(Es stand eine Linde in jenem Tal)，「假使我是一隻小鳥」(Wenn ich ein Vôglern wär') 至今傳詠不衰。

又其次就是諷誨詩，最著名的有二；一是布蘭特 (Sebastian Brant) 的愚人船(Narrenschiff) 與巴克胡森(Hermann Barkhusen)（約一五〇〇）改造的無名氏的獸詩賴因刻孤子 (Reynke de Vos 1498)。

又其次就是散文受了養成，蓋這時候有從韻文改爲散文的作品，有從希臘拉丁文譯成的散文。

第六章　新高地德語時代之德意志文學

第一節　文藝復興前期之德意志文學宗教革命時代(一六世紀)

自十三世紀火藥，羅經，印書術三文明工具先後輸入歐洲以來，新時代的時期已經開始了：蓋是後火器之應用，實引起騎士之失勢，民兵之衰落，傭兵之繼興；海外貿易之突興，實促成工商業之日盛，地主與貴族之落伍，都市之益強；文學流傳之漸廣，實激起思想界之變動，宗教的與舊道德的信仰之動搖。及新大陸發現後，人民之知識日宏，眼光亦日大，於是思想界對於教會之專恣，煩瑣哲學之拘束，漸致不滿；他們思於文藝與科學中探尋新的生命，新的觀念。於是復興古代——希臘羅馬的文學，求於其中達到教育的進步，風俗的醇厚，個人的雅化，是爲文藝復興(Renaissance)與人文主義(Humanismus)運動之發生。這種運動最初起於意大利，其後逐漸北進，至於德國，已在十五六世紀交替之時。

其時德國是哈布斯堡朝馬克斯米良一世(Maximillian 1)當國，他改革國憲，改良稅率，引用羅馬法律，分國內爲十和平區，採用傭兵制，開國會(Reichstag)於窩牧(Worms)，以造成小康之局。於是國內產生許多人文主義者，如約翰(Johann von Dalberg,)，匹耳愷麥(W. Pirkheimer)等。而反對舊教會之聲浪亦日以高。至路得(Luther)出世，於是宗教革命(Reformation)始行爆發，至一五五五年始暫告一段落。結果新教成立，基督教義爲之精進，教會的惡習爲之洗除，各地王侯益形強大，教權與政權漸析爲二。思想界遂呈湧躍蓬勃之象，不惟各種藝術逐漸繁興，連新德意志文學也誕生於此時。

這時代文學的功臣並非別人，又是路得(Martin Luther 1483-1546)。他不單是新教的創造者，德國國民學校的創辦者，而且在文學上還有不朽的貢獻。

第一是他的「聖經譯本」，這在當時成爲教育各級社會的基礎，訓誨全國民的玉律。

其次就是他用德語寫的教會詩歌；其中或根據讚美歌，如：「一個堅固的保」(Eine feste Burg)；或改譯拉丁語聖歌，如：「主吓，我們讚揚你」(Herr Gott, dich loben wir)；或擴充古代德語歌謠，如：「我們如今請求聖神」(Nun bitten wir den heiligen Geist)；或獨出心裁，如：「你們基督徒一樣地頌揚上帝」(Lobst Gott, ihr Christen alle gleich)等，都是成功的作品。

第三就是他的辯難的散文，如「告基督教的貴族」，「脫離巴比倫的縲絏」等，不一而足。

新高地德意志的文語至是由他一手提高，成爲後來全德公用的文語。但是當時的作家，還是多數以拉丁語爲著作。至於以德語著述的在路得的同志中有胡騰（Ulrich von Hutten 1523），除了他的攻擊教皇的論文之外，就是以他的民歌「我心裏已敢這樣想過了」（Ich habe's gewagt mit Sinnen）。在路得反對派中有穆涅耳（Thomas Murner）與菲沙特（Johann Fischart 約 1550-1590）都有許多攻擊路得的論文。後者在文學上尤爲著名，他的敍事詩「幸福之船」（Das glückhafte Schiff）實表現他的愛國心與創作力。

這時代民間中，有一個代表這時代德語文學的作家就是罕薩克斯（Hans Sachs 1494-1546），他是有名的鞋匠詩人。他是極崇拜路得的之一人，他的歌「醒來，快近那日了」（Wachet auf, es nahent gen dem Tag），以及許多他的戲劇都是與路得的「聖經」極相呼應。他的笑談（Schwänke）與他的懺悔節戲劇，多以民間的事實爲根據，並且寓箴於謔，以教化民衆。前者中最佳的有「夏娃的異樣兒子」（Die ungleichen Kinder Eva），「愚人的天國」（Schlauaffenland），後者中最佳的有：「天國中遊行弟子」（Der fahrende Schüler im Paradies），「眞理夫人不願蔽護人」（Frau Wahrheit will niemand herbergen）等。尤其匠歌（Meistergesänge）至於他已達到至境了。

至於這時候的神劇，卻因作爲攻擊之用而致退步，同時成立一種模仿古代詩人普羅圖斯(Plautus)等的戲劇，而英國的喜劇，尤其莎士比亞的，也漸漸開演了。

第二節　文藝復興後期之德意志文學：三十年戰爭時代（一七世紀）

自卡爾五世(Karl V.)因失敗於宗教革命自行退位之後，哈布斯堡皇室後繼諸皇頗能與民休息；故產有文藝復興前期之文學。及十七世紀初，哈布斯堡皇室復思繼卡爾五世之遺志，藉舊教以強帝制。於是有三十年戰爭（一六一八至一六四八）之發生。但自羅馬法與傭兵制輸入之後，各地君長權力大盛，貴族與平民漸失參政之權；即教會方面亦因宗教革命根本上動搖一般民衆的信仰心，而日失其勢。由是此次戰爭名爲新舊教信仰之爭，實乃皇室與諸侯市鎮政權之爭。其時適值北方之瑞典與西方之法國，皆思擴張其勢力於德國，於是此種宗教的內爭再變而爲政治的外侮；最後瑞法二國鏖戰於德境，合力攻擊此逐漸失勢之皇室。

此次戰爭爲期不過三十年；而其黑影所射直至十七世紀後期。蓋自是之戰，德國的聲威不特不足以禦外侮，並且不足以制國內諸侯。國會停頓，市鎮同盟瓦解，國土四處荒涼，人民死亡枕籍。

如是破毀與墮落實予文學發展以重大之阻礙。蓋團結心之散失，自信力之消滅，實使人民舍卻本國自有的特長而從事於盲仿外國——尤其法國的風俗與語言；於是文學成爲外國式模仿文學，而語言也成爲破碎的外來語盛行的語言。

當時賴有一般語學社（Sprachgesellschaft）純以促進純潔的德語爲事；故一方面以路得的文語爲修正文字的藍本，一方面極力攻擊外來語。至是文學方始握在學者的手裏。其時有兩大派德語詩人：

（一）第一西利西亞學派（die erste Schlesische Schule）（約在十七世紀前半。）首領是奧匹次（Martin Opitz 1597-1639），他的「論德國的劣詩」（von der deutschen Poeterey）爲該時代最有勢力之書；他的功效在整理韻學（Verskunst），區別詩類，並以詩可以博學與勤讀精通的爲主張。奧氏自身在文學上固無大價值，但他實爲當時作家的模範者。他的徒黨中以著「人生身外無長物」（Der Mensch hat nichts so eignen）等詩的達哈（Simon Dach）爲最著。

（二）第二西利西亞學派（die zweite Schl. Schule）「約當十七世紀後半。」他們謳歌當時的俗尙，視詩爲遺與的逸品；故其領袖如和夫曼瓦爾道（H. v. Hoffmannswaldau 1618-1679）與羅亭斯泰因（Lohenstein 1633-1683），等所著慘悼的悲劇與悲壯的小說都不免淪於淫穢與放蕩。

當時惟獨教會詩歌(Kirchenlied)爲較進步；蓋有一般人逃於信仰也，但其對象已漸由教會的全體，而變爲教士個人的感慨。在新教派中有佛雷明(Paul Fleming)與革耳哈特(Paul Gerhardt)等；後者的詩如：「我的心，醒來唱罷！」(Macht' auf, mein Herz und singe)，「喰滿着血漬與傷痕的頭。」(O. Haupt voll Blut und Wunden)等尤最著名。在舊教派中有斯佩(Friedrich von Spee)與瑟斐耳(Johann Scheffer)諸人；於是新舊教徒在精神上經此等詩人之陶冶也漸相了解了。

至於戲劇多流於專演一個偉人或且一椿國事，故於文藝上實無價值；惟格里菲烏斯(A. Gryphius 1616–1664)的喜劇「和里比力克里布里法斯」(Horribilicribrifax 1663–65)爲代表當時文化的作品。

至於當時的小說也嫌冗長，甚有不可卒讀者，惟格里麥豪增(Christoph von Grimmelhausen 1610–1670)的「單純主義」(Simplizissimus 1669)爲寫三十年戰爭時社會狀況的名品。

第二節 啓蒙時代 Aufklärung 之德意志文學（十八世紀初期）

德國自十七世紀中葉以來，哈布斯堡皇室漸棄對北之經營，而移其全力以對付南方；他自擊退土耳其（一六六三至一六九九）之後，他的奧匈國的聲威又復陡長。同時北德方面之勃蘭登堡選帝侯國，勵精圖治，其君長腓特烈一世（Friedrich I）已進而為普魯士王（König von Preussen）。於是南北德境內又漸呈生氣，而文藝由是復興。

加之自宗教革命與三十年戰爭以後，世人對於舊的一切信仰已根本上動搖，於是科學乘之而起。在神學方面有提倡虔敬主義的斯本涅（E. Spener），反對希臘派正教派。又有托馬西烏斯（Ch. Thomasius）更播自由思想以反對當時褊激的神學煩瑣的哲學，與苛刻的法律。而自英人霍布士（Hobbes）提倡新自然法，主張政治完全獨立。法人格洛提烏斯（Grotius）創立一般國家法與法律哲學，遂引起亥得爾堡（Heidelburg）哲學家浦芬多夫（Pufendorf）的自然法與國際法的理論。加之自十七世紀中葉啓蒙運動已開始於英國。牛頓的重力法則，使人漸知道宇宙原是自動自靜的，與聖經的幻想絕不相侔。洛克的經驗學說，否認一切先天的概念，一以內外界經驗為根據，遂引起來布尼茨（Leibnitz）的單元論（Monadologie）以修正斯賓諾沙（Spinoza）與笛卡兒（Descartes）的新哲學。於是科學漸捨宗教而獨立。

此種啓蒙的革新的運動影響及於文學界也極其偉大；他們覺得古代——希臘，羅馬的——文學去事實太遠，缺乏蓬勃的生氣，所以對於社會與人生實生有隔膜的缺感。於是自語言社以來文學家已相率努力創造；可是他們中因為缺少獨立特出的天才作家，同時外國方面，尤其英國，法國方面已燦然開放新文學的初花；於是他們捨卻古代文學而趨向於活躍的新外國文學。但因傾向不同，遂生四大學派如下：

(一)第一薩克森學派（Die erste sächsische Schule）

自法蘭西的古典文學抬頭（一六四三年）以後，德國文學界翕然景從莫利耳（Moliere），布耳梭(Boursour)，霸羅（Boileau）的作品駸駸乎成為文學界的模範。薩克森方面尤為親法派文學的大本營。他的領袖哥特瑟特（Christoph Gottsched 1700–1766）尤其當時的泰斗，早年甚有「德人嗜尚之迪克推多」之目；他的夫人哥特瑟丁（Gottschedin）也有「活潑的女友」之稱。他的創作固不足稱；但他的批評卻雄峙一時；他於散文方面主張努力雅化德語；於詩方面推重韻律與格式；於戲劇方面主張法國式的空間，時間，事實之一致。他的根本觀念是冷靜的理性；這是一切詩歌之源，所以反對一切由於感情出發的輕佻與諸謔。晚年聲望陡落，此派的勢力頓衰。

(二)瑞士學派（Die schweizer Schule）

當法蘭西古典文學稱盛的時代，亦正英吉利古典文學發揚的時期；涉士比亞（Shakspeare），密爾頓(Molton)德來登(Dryden)諸人皆以天才的作家處於解放思想的啓蒙社會之中，故其文學多尚創作的魄力而輕視文學的規矩格律。此種潮流輸入德國境內，遂成爲親英的瑞士學派。他們的領袖波德麥(Jakob Bodmer 1698-1783)與布賴廷革(Jacob Breitinger 1701-1776)，正是哥特瑟特的勁敵；他們認文學爲寓訓誨於怡情養性的作品，所以主張詩人不當專循理智，並當兼尙情感與幻想。而波得麥尤有「青年之父」(Vater der Jünglinge)之稱；凡古典派大詩人無不受其誘掖，所以他的令譽至死不衰。他也不是一個特出的詩人，卻是一個出色的批評家。他所譯密爾頓的「失卻了的樂園」(Verlorenes Paradies)，至今膾炙人口。而德國中古文學如泥柏隆根歌等也賴他的提倡而復於見重當時。

(三)第二薩克森學派(Die zweite sächsische Schule)

這派起初是崇奉哥特瑟特，隨後背了他也走入親英派那一條路上去。他們出了一種雜誌於不來梅(Bremen)，名叫「怡情養性的附刊」(Beiträge zum Vergnügen des Verstandes und Witzes)，所以又叫做「不來梅附刊派」。後來克洛卜斯托克(Klopstock)的「麥息亞」(Messia)就在該雜誌上發表，以開德國古典派的新紀元。他們中傑出的還有批評家給耳特湼(K. Christian Gärtner)

諷刺家刺柏涅 (G. W. Rabner) 諸人。

(四)普魯士學派 (Die preussische Schule)

這派也是近英，反法的學派。他們於創作則尚自然，活潑，於主張則擁護固有的特長與國家主義；所以一方面有阿那克里溫派 (Anacreantiker) 之稱，一方又有愛國詩人之號。他們的領袖格來謨 (Ludwig Gleim 1719–1803) 雖不長於創作，而善於助人創作；但他的「普魯士擲彈兵歌」(Lieder eines preussischen Granadiers 1778) 實不愧稱爲上乘的作品。還有一位著名的詩人克來斯特 (Ewald von Kleist 1715–1759)。他是個溫柔，善愁，而且失意於情場的詩人；所以他的山歌 (Idyll) 如「伊靈」(Irin)，「春」(Frühling) 等，均極悽惻纏綿；但他的「頌普魯士軍隊歌」(Ode an die Preussische Armee) 卻極其雄偉悲壯，完全代表德人的心理。在後起中有古典派樂天健將薇蘭 (Wieland)。

此外獨樹一幟的還有哈革頓 (Friedrich von Hagedorn 1708-1754)。是以愉快的寓言 (Fabel)，「城鼠與野鼠」(Die Stadtmaus und die Feldmaus) 及詩歌「約翰，肥皂匠」(Johann, der Seifensieder) 著名；哈勒 (Albrecht von Haller 1708–1777) 則以曼歌「阿爾卑斯」(Die Alpen) 而博盛譽。而尤其特出的就是死後爲歌德極力推崇的短命天才君特 (Christian Günther)。他的遠

透的眼光在當時已窺破詩的創作是根於內在的必然性；詩的功用並不在於訓誨勸導，而在於表現作者的情緒作者的閱歷而已。他的「晚歌」(Abendlied)，「懺悔思想」(Bussgedanken)，「黃金的時代果何在」(Wo ist die Zeit, die goldene Zeit)，「苦中自倚賴」(Zuversicht im Elend) 諸詩至今傳誦。還有一個就是與他相反的革勒特 (Chr. Fürchtegott Gellert 1715–1769)；他的新穎而通俗的故事與寓言如：「跳舞熊」(Der Tanzbär)，「帽的歷史」(Die Geschichte von Hut)，「兩隻狗」(Die beiden Hunde) 尤為當時盛行的作品。他的許多教會詩歌，如：「耶穌活着」(Jesus lebt)，「全能者的恩慈多麼偉大」(Wie gross ist des Allmächtgen Güte) 等至今歌唱不衰。

第四節　古典文學 Klassizismus 時代之德意志文學（十八世紀下半期）

在上述諸派文學家努力介紹英法二國的新文學的當兒，在他們努力創作本國文學的當兒，正是七年戰爭告終的時代。百年來散失的民族自覺心至是被喚醒了；德國諸侯同盟 (Deutscher Fürstenbund) 成立了。普魯士方面的腓特烈大王的後繼者腓特烈威廉二世與奧國皇室方面的利奧破爾德二世 (Leopold II)，在才幹上雖然不及前人，而他們的和平觀念卻造成德意志的小康。——雖然腓特烈大王死後，觀法派的文學失卻了保護地而小朝廷威瑪的太后阿馬利亞（Anna Amalia）與公爵奧古斯特（Karl August）卻起來做了德國文學的保護者。——當時不第英國方面的自由思想家吉本（Gibbon），休謨（Hume），羅伯特生（Robertson），頗普（Pope）諸人繼牛頓（Newton）摩爾根（Morgan）而起法國方面反對教會的思想家如佛耳退爾（Voltaire），孟德斯鳩（Montesquieu），盧梭（Rousseau），康的亞克（Condillac）揆內諸人，更起而播除舊布新的運動予德國思想界以莫大的新知識新思想。就是本國內自來布尼喜以後還有他的學生服爾夫也在極力提唱人生和科學之獨立化，而大哲學家康德的「道德論」尤與思想界以莫大的影響。更加此時天才輩出，在歷史界有文刻爾曼（Winckelmann），在音樂界有巴哈（Bach），亨得爾（Handel），格盧克（Gluck）諸人，在自然界有歐勒（Euler），布倫巴哈（Blumbach）諸人。而時會所趨，又出了六個天才的文學家：克洛卜斯托克與勒新開其端，薇蘭與赫德繼其緒，而歌德與席勒爾總其成，於是德國古典文學遂如經天之旭日，標炳宇宙。

觀上述之關係，便知德國古典文學遠紹古代文學的唯美遺風，當然奉古代文學的格式爲模範；陶冶於英法的自由思想，當然對宗教取冷靜的態度；在割據式的國家之中，當然富有世界的觀念；在都市的經濟組織之中，當然脫不了貴族，地主的色彩；受純粹理性哲學的薰育，當然生出沉靜而合理的作品。綜此數端，所以德意志古典文學是一種唯美的，唯理的，永久的，和喈的，幽靜的，表示古代德意志的生活，思想及藝術觀念的民族文學。更因天才駢集的關係，遂使德國的韻文，德國的散文均達到完成的頂點；作爲後代的模範，而詩劇的典雅幽麗，更直追古人壓倒來者。

我們現在把這德意志文學黃金時代的六大詩人，分說如下：

（1）克洛卜斯托克（Friedrich Gottlieb Klopstock）（1724-1803）生於魁德林堡（Quedlingburg，）二十一歲時進耶那（Jena）大學研究神學；後在不來梅附刊學會發表他的「麥息亞斯」Messias頭三章，他的名聲即已傳遍德國全境。畢業後往郎恩薩爾紮（Langensalza）汎利克（Zürich）各地。後應丹麥宰相本斯托夫伯爵（Graf Bernstoff）的招致，在丹麥長住二十年。丹相死後，他遂往漢堡長住三十年，完成了「麥息亞斯」，死後國葬，享壽八十歲。

克氏從少到老都很康健，性剛直，極信宗教，愛祖國，重友誼，喜作詩文，一副天生愉悅的精神，使他快樂的過了一生。

克氏在現在看來，雖算是老舊人物，但他有他的不朽的功績；他是古典派的開路先鋒，新詩語的創始者；他首先拋卻「枯索的理智」，重復尊重感情；所以他每把他平生的感觸寫入他的作品裏面；他重復採用偉大而高尚的史料；所以他的創作力能夠激動全歐人的心坎。有人評他的作品典雅委婉，但不免或失之過於玄妙，過於文弱。

克氏的作品中還是首推他的宗教的敍事詩「麥息亞斯」(Der Messias)，他是用六脚韻寫的，全篇共分二十段；頭十篇較佳；大意是描寫基督教解脫世界的故事，而帶點抒情的色彩。

其次就是他的抒情詩集「頌歌」(die Oden,)(1724)，那就是歷敍他一生的內外界閱歷；材料多是信神，愛國，友誼，愛情；晚年則把法國革命的事實爲主。

還有三本聖經劇：（1）「亞丹之死」(Adams Tod)，（2）「大衛」(David)（3）「撒洛摩」(Salomo)；三本愛國劇(Bardiete)：（1）「赫爾曼之戰」(Hermannsschlacht)，（2）「赫爾曼與諸王」(Hermann und die Fürsten)，（3）「赫爾曼之死」(Hermanns Tod)則比較的遜色些。

（2）勒新(Gotthold Ephraim Lessing)(1729–1748) 生於哈門茲(Hamenz)讀於來比錫(Leipzig)，起初研究神學和醫學後來改學哲學，性極遊移，見異便思遷；所以他的一生，總脫不了失敗，貧困的運命。學成之後，多往來於威丁堡，來比錫，柏林各地，最後死於不倫瑞克(Braunschweig)。死時淒涼滿目，年纔五十三歲。至今墓碑上有文紀之曰「誌此德意志祖國的大思想家與詩人」(Dem grossen Denker und Dichter des deutschen Vaterlandes)。

勒氏，除了歌德和席勒爾之外，可算德國最重要的古典文學家。他在文學上的貢獻是極其偉大。他是德國批評家，德國戲劇家，德國審美家，德國散文家，德國自由論的創始者；就在其他方面：如抒情詩，寓言，哲學，語學，宗教史以及劇場等等都著有他的不朽的作品；尤長的是批評與戲劇。他的批評富於理性而精於論理；他的戲劇甚爲追眞，自然，而且精警合法。他的文字又簡明，又鮮艷。他的作品差不多都是不可輕視，現在只把他的傑作介紹如下：

他的戲劇中以少年作品之喜劇「少年學者」(Der Junge Gelehrte 1748) 與悲劇「薩剌，散普孫姑娘」(Miss Sara Sampson 1754)，有成熟品之散文喜劇「密那豐班赫謨或稱軍人幸福」(Minna von Barnheln over das Soldatenglück 1767)，散文悲劇「厄密利亞加羅特」(Emilia Galotti 1772) 及那本哲學戲劇「哲人拿但」(Nathan der Weise 1779)，是用無韻的五脚短長調 ungereimter fünffüssieger Jambe 寫的。而後者尤爲世界的名著；內容是三指環來譬喻世界上各種宗教地位之均等。

他的批評作品中有「文學尺牘」(Literaturbriefe 1759)，是德國批評學的基礎他在裏面極言德國國民文學之必要與其條件，而奉莎士比亞爲模範。其次就是「拉奧昆或稱詩與畫之界限」(Laokoon oder die Grenzen der Poesie und der Malerei 1766)，內稱畫家只須空間而詩人卻須空間與時間；所以詩之靈魂是重在活動，不重在描寫。「其三就是漢堡劇評學」(Die Hamburger Dramaturgie 1766)，裏面力謀把德國戲劇自法國格式中解放出來，而導他和莎士比亞及希臘諸名家相接近。

（3）薇蘭(Christopp Martin Wieland 1733-1760) 生於奧柏哈爾玆罕 (Oberhalzheim)，在厄爾福 (Erfurt) 屠賓恩 (Tübingen) 各大學研究法律，但他卻專心於文學創作。居瑞士凡八年，在俾柏巴哈 (Biberbach) 任法庭庭長凡九年。此時他纔認識法國的自由主義，而把少年迷信基督的觀念完全打破。一七五五年曾和希棱布藍特 (Dorothea Hillenbrant) 結婚，後來離開厄爾福，到威瑪去，先後極蒙威瑪公爵太后和公爵的優待，創立一種雜誌名叫「德意志麥克」(Der deutsche Merkur)，網羅當時詩人；所以他的勢力及於德國文學界，最爲廣徧。歌德，席勒爾，赫德都是他的知交。年八十死於奧斯曼斯忒特 (Osmannstedt) 附近之村莊。

薇氏是個溫和慈善的交際家，但他的性質也極游移不定，所以很容易受環境的支配。

薇氏在德國古典文學界中是最活潑的作家，起初極信宗教，隨後卻大發揚自由奔放的人生享樂觀。他善把精警的格式來表示他的諷刺和不羈。他是社會詩人，活潑的敘事詩人和小說家，他雖學自法國文學，卻不落窠臼，自成一家。他所取的材料多採自故事；所以他的作風每每多帶浪漫派的色彩。他的作品固然不少，但以依法國式諷敘法寫的為最佳。所以他的小說如：「頓息爾微奧豐洛薩爾發或稱自然戰勝狂熱」(Don Silvio von Rosalva oder der Sieg der Natur über die Schwärmerei 1764)，「穆薩良或格剌齊的哲學」(Musarion oder die Philosophie der Grazien 1786)，「金鏡或稱塞西安諸王」(Der goldene Spiegel oder die Könige von Schlesien 1772) 中只有諷刺小說「愚人」(Die Abderiten 1774) 與「阿加吞」(Agathon 1766)，為最佳。而他的不朽之作卻是他的浪漫派敘事詩「奧柏綸」(Oberon 1780)，共凡十二章，每節八行，皆有押韻。內容是說騎士許溫 (Hüon von Bordeaux) 藉了倭子王奧柏綸的援助，得和卡爾大王和好，而娶巴格達 (Bagdad) 教主的美女回來。立意是用苛刻的嘗試來抵償舊恨，終得言歸於好。這本作品，後來在一八二六年被韋柏 (Weber) 譜為歌劇。

薇氏是首先賞識克洛卜斯托克的作品，又是首先翻譯莎士比亞的作品。

（４）赫德（Johann Gottfried Herder 1744-1813）生於摩龍恩（Mohrungen）家貧初棄學作書傭。後俄軍官士發策羅和（Schwarzerloch）愛他的天才，攜往刻尼斯堡（Königsberg），入大學學醫，初次實習解剖，即驚至暈眩。由是改學哲學，後往里加（Riga）作教員和牧師凡五年。此時他纔開始他的批評著作，在丹斯塔特（Darmstadt）和卡洛內（Karone）結婚，往斯特剌斯堡（Strassburg）受眼疾治療，纔和歌德認識；隨應召往步刻堡（Bückeburg）作王家牧師凡五年。後歌德招他往威瑪，因他性褊急，多不滿意環境，先後和歌德，席勒爾都失感，惟獨和薇蘭始終友好。後又想往意大利，因細故怒不果行。在威瑪歷升至教會議長（Oberkonsistorium），晉列貴族，但到死時還是孤苦寂寞。後人題於其墓曰「光，愛生」（Licht, Liebe, Leben）。

赫德與其是詩人，無寧是神學家和批評家；他於宗教與勸新同重實際的對人行善而輕信仰的形式；於批評則尚自然與民衆文學而抑技巧文學；於作品則長於搜集使徒事績與古代民歌；於文字則善用生動渾蓄而剴切的章句，所以他的詩才雖遜於薇蘭，但他於文學界的貢獻卻大於他。

他的韻文創作不大精警；在他的詩歌喻言中只「獲救的青年」（Dar gerettete Jüngling），「找着了的兒子」(Wiedergefundene Söhne),「葡萄架」(Der Weinstock)等數篇;在他的敘事詩中有那本浪漫派的「誓言」(Der Eid 1806)爲有價值之作;但他的傑作卻在於他的歌集詩「歌中之民意」(Stimmen der Völker in Liedern 1778)是他費了很久的功夫從各國名詩中摘錄,選譯過來的。

至於他的散文中有「近世德意志文學斷片」(Fragmente über die neuere deutsche Literatur 1767),「批評之林」(Kritische Wälder 1769),「人類最古之證據」(Die älteste Urkunde des Menschen geschlechtes 1776),「希伯來詩歌之精神」(Der Geist der hebräischen Poesie 1783),「對於歷史哲學之觀念」(Ideen zur Philosophie der Geschichte 1791),與「促進博愛的尺牘」(Briefe zur Beförderung der Humanität 1797);而以後二者爲最佳,大意係證明自然與人類之進化中有一適法性。而他的最後目的,卻就是博愛,合理,公平。

(5)歌德(Johann Walfgang Goethe 1749–1832),生於佛蘭克福(Frankfurt am Main),家頗富饒,父嚴母慈,少時父自教之讀書,年十七往來比錫大學研究法律,沉於酒色,得病歸家。病愈後,往斯特剌斯堡(Strassburg)得識赫德,而領略自然與民衆詩歌,博愛主義與世界主義之眞詮,同時進了狂飇突進學會」。此時他愛慕則亭亥謨（Sehenheim）地方的牧師女兒布里温（Brion），乃動了他的抒情詩興。畢業之後，回到故鄉當律師，又往衞次巴（Wetzbar）服務法庭。因爲他個人的戀愛，和時人耶路撒冷（Jerusalem）少年的失戀史，他便著了那本「少年維特之煩惱」。後又愛慕布夫（Lott Buff）又跑到佛蘭克福去。在那裏發表他的第一期的作品之後，和一個女子名叫宋涅曼（Elisabeth Schönermann）胡亂地結個幾週的婚。此時他的文名震動全國。他於是往訪薩克森威瑪公太子奥古斯特（Karl August）。及奥古斯特卽位，更極力優遇他，所以他在那裏幾已達六十年，歷官至議長內閣總理；中間結識徽爾赫德，席勒爾諸人，後來同公爵往瑞士。此時他心裏自由的詩興和煩瑣的國務起了很深的裂痕。他握政已十年了，遂自卡爾斯巴特（Karlsbad）逃往意大利。在那裏著了他的成熟作品。後又應故人招回到威瑪；但是他的故人漸漸不了解他了。他卻不顧衆議，和平民之女佛爾比烏斯（Christiane Vulpius）同居，生長子奥古斯特（August）次子則早殤，後於一八〇六年正式結婚。

他到四十五歲時候，他的新春生活又復出現了。他自赴了耶那（Jena）的科學會議之後，才和席勒爾作第一次的「傾心之談」；兩人自此訂爲心交，通力合作垂十年（一七九四至一八〇五）。拿破崙後在威瑪曾訪他一次。中間不談國事，專心於科學和顏色學。

許多不幸的大故障翳了他的晚境；他的父母，妻子，知友，戀人，先後都下世了。到了他的世界名著「浮士德」完成了之後，他也仙化而去，遺骸和席勒爾同葬於威瑪宮墳中。

歌德是一個純粹的德人，一個全能的詩人，是自然界的明星。他的智慧和體魄都極完全。在他裏面很奇異的諧和着理智和感情，嚴肅和恢諧，強健和壯麗。他認人生的目的爲享樂，爲寄欣賞於自然與創作，而不重視宗教，道德和祖國。

從他的自由的感受性和切實的表述力看來，歌德是自然之詩人。他是理想的寫實家，他能夠很成功的把文藝與生活，創作和事實融和起來。他是主觀的寫實家，因他的創作完全是活潑潑地由他的自覺中流露出來。他自稱他的一切作品爲「一篇大懺悔的斷片」(Die Bruchstücke einer grossen Kofes-sion)。他的抒情詩不特冠絕全德詩人，而且壓倒近世世界文學家。

歌德的文語是眞正德人的自然口調，又純粹又典雅又簡單又委婉。尤其他的「伊菲日尼」與「赫爾曼和多洛退亞」的結構爲最近似古希臘人的作品。

歌德的作品極爲豐富。現在只把最著名的列舉於下：

甲、敍事詩中首推「赫爾曼和多洛退亞」(Hermann und Dorothea 1797)，這是一本絕佳的平民敍事詩用六脚韻寫的，共九章。係寫法國革命時代難民逃到來因右岸的時候，有少年赫爾曼在難民中賞識難女多洛退亞，終經父母之同意娶之爲婦。此詩特長有四：（1）切合歷史的範圍，（2）描寫各人的個性都極眞切；所敍大小事實都極清切；所用韻語都是渾然絲毫沒有牽强；與席勒爾的「威楞斯泰因」同稱德國文學界中雙絕。——其次就是「來因厄克狐」（Reinecke Fuchs 1793）是一本以獸爲諷的作品，係描寫狡狐如何戰勝狼子，如何玩弄獅子。歌德自稱這本爲「一本非聖的世界聖經」（eine unheilige Weltbibel）。

乙、戲劇中最佳的有五本，都是五幕，都是忽於劇情中的情節，而重於描寫劇中人品的作品。第一本自然是世界聞名曰「浮士德」（Faust）。此劇起草於一七七四年，完成第一集於一七八九年，完成第二集於一八三二年，中間經過凡六十年，可見歌德對於此劇之重視。此劇的性質是一本哲學的心靈劇，係用散文，及各種韻文夾寫的。第一集是寫魔鬼誘惑「浮士德」沈於浮蕩生活，陷少女格勒特（Gretchen）於失身受苦，至於橫死，立意是在表現他不厭的求知享樂的心理。第二集寫浮士德求解脫於盡力救世，終則仿佛升於天堂，立意在表現這心理的糾紛，結果僅在不滿意的模糊之中求解脫，而終得不到美滿而清明的收場。——其次可算他的「伊非日尼」（Iphigenie auf Tauris 1787）是一本用無韻的五脚抑揚格寫的古代戲劇，是敘伊菲日尼救了她的兄弟之後，同他離了托阿（Thoa）王的宮庭，立意是寫純潔而高尚的女子有補過贖罪的力量。——第三本就是「托夸托塔索」（Torquato Tasso 1789），也是用同樣抑揚格寫的；他是敘塔索因戀了亞豐琐二世（Alfonso II）的妹子克勒奧諾勒（Cleonero von Este），不得不離了王宮。這集是他在逃往意大利那時候做的；所以一方面是對威瑪公表示謝忱，一面是表示他的心理上糾紛。——第四本是「厄格夢特」（Egmont 1787）是用散文寫的，內敘厄格夢特伯爵因與西班牙叛事被阿爾巴（Elba）公爵處死。大旨可說是一個民族爲他的政治上及宗教上自由而奮鬭。——第五本就是「鐵手革次豐柏力欣恩」（Götz von Berlichingen mit der eisernen Hand 1773）這是歌德初期的作品，所以較前四本遜色些。

丙、小說中最佳的共計四本。（1）「造作與眞實，我的生平摘錄」（Dichtung und Wahrheit, aus meinem Liben 1811-1814）這是作者的自傳也是他的最佳的小說。他自己說過：「沒有經我臆造的，有的還被刪去或且被顚倒的。」讀者於此可以見他的生平，和當時的社會狀況。——（2）就是「威廉師父的教遊年記」（Wilhelm Meisters Lehr-und Wanderjahre 1797-1829）共分二集，也是描寫一個有天才而無定性的人，受了種種生活的影響到底不能覺悟，不能成功。這本小說可說是德國現在流行的教化小說之始基。——（3）就是「親和力」(Wahlverwandschaften 1809)也是作者的浪漫生活的懺悔錄；但就他的劃然一致的結構與他的躍躍紙上的時代寫實來說，的確是最佳的德國模範作品。——（4）就是所謂「少年維特之煩惱」(Die Leiden des jungen Werthers 1774)是寫少年維特因單戀而致自殺，這雖然歌德的少年作品，然而在當時卻鼓起青年界的波動，也可見作者的描寫的真切了。

丁、歌德的抒情詩是世界文學中上乘的作品，尤其是德國民衆酷嗜的作品；在情感的抒情詩中如：「欣喜」(Die Freude)，「歡迎與離別」(Willkommen und Abschied)，「湖上」(Auf dem See)，對月(An den Mond)；在思想的抒情詩裏面如「馬和麥之歌」(Mahomets Gesang)，人類的限界(Grenzen der Menschheit)；在觀察的抒情詩裏面如：「向上與向前」(Hinauf und Vorwärts)，「歐夫洛息內」(Euphrasyne)；在敍事的抒情詩中如：「荒地小薔薇」(Heidenröslein)，「遮哥尼人歌」(Zigeunerlied)，「倭子王」(Der Erlkönig)，「握寶者」(Der Schatzgräber)，「魔術弟子」(Der Zauberlehrling)，「小花蘊哉美」(Das Blümlein wunderschön)等都是神工鬼斧的傑作，使歌德稱爲詩聖的，就是這些顆顆的明珠。

（6）席勒爾(Friederich Schiller 1759–1805) 生於馬耳巴哈(Marbach) 父為軍醫，年六歲卽隨父往羅喜(Lorch)，九歲往路易斯堡(Ludwigsburg) 入拉丁學校。當時威丁堡公歐根(Herzog Karl Eugen von Württenberg) 強迫他研究法律和醫藥，他卻暗中致力文學，偏讀克洛卜斯托克，莎士比亞，盧騷諸家的作品，着手編劇本「刼盜」。二十一歲畢業，服務於斯圖加特團部(Stuttgarter Regiment)「刼盜」發刊試演之後，大受社會之歡迎。公爵聞之大怒，拘禁席氏，不准再著文學作品。席氏不堪其虐，乃逃往曼亥謨(Mannheim)，受了六年的窮困。後債務愈重，無力清償，乃更逃居同學之母的家中，杜門謝客，著「陰謀與愛情」和「頓卡羅斯」。自一七八三至一七八四年在曼亥謨當劇場編劇家，表演他的「飛斯科」，「陰謀和愛情」。後受友人刻湼的招致，往來比錫及德勒斯登，以完成他的「頓卡羅斯」。及一七八七年因歌德的介紹在耶那任歷史教授，於是經濟稍裕，娶夏羅德(Charlotte von Lengenfeld)。自一七九四年以後才和歌德由認識進而為知交。後來十年歌德知他體弱，由是介紹他在威瑪任宮中詩人。他漸漸自知他的壽命不永，由是越發努力創作，他的巨著「華倫斯泰因」就是生產在這時候，到了「威廉忒爾」脫稿之後，死神就奪了他去。

席氏身體上很弱，但是很美，兩眼光耀奪人，雙唇間孕有一段柔情。理智極敏躍，念慮極深長，想像極強烈，性情極忠厚，舉止極謙和，只是落拓不合時宜。他是極信宗教而重道德的新教徒。

席氏猶如歌德是自然的詩人，但不屬寫實派，而屬於純粹理想派，不是主觀的，乃是客觀的；所以他的天賦是厚於戲劇而薄於抒情詩。他可算德國最大的戲劇家。他的事實劇可與歌德的心理劇并立。

席氏的名劇凡九種：（1）是所謂悲劇「刼賊」(Die Räuber 1782) 是他的處女作品；立意是極力反對個人的壓迫。——（2）是悲劇「飛斯科的作亂」(Die Verschwörung des Fiesco 1783)；立意是反對政治的壓迫。——（3）是悲劇「陰謀和愛情」(Kabale und Liebe 1784)；立意是反對社會的壓迫。——（4）悲劇「頓卡羅斯」(Don Carlos 1781)；立意也是表演爲思想上及良心上自由而奮鬬的精神。以上是他的盛年作品，而他的盛名卻是在對下列的五作品：(5) 歷史的悲劇「華倫斯泰因」(Wallenstein 1798–1799) 共分三段：第一段是「華倫斯泰因的營盤」(Wallensteins Lager)，第二段是匹科羅米尼父子 (Die Piccolomini)，第三段是「華倫斯泰因之死」(Wallensteins Tod)。內容是寫三十年戰爭時候，華倫斯泰因謀篡及被殺之情形。立意是說惡意自身已是罪惡，罪惡就不免受罰。這本劇在結構上雖嫌散漫些，但在文字的應用與人物的描寫上，堪稱爲世界上有數的名劇。——(6) 馬利亞斯圖亞特 (Maria Stuart 1799)，也是歷史的悲劇，內容是寫英格蘭二女王爭霸，結果伊利薩伯殺死了馬利亞・斯圖亞特，立意是表痛苦如何感悟罪人的前非。——(7)奧爾良之少女(Die Jungfrau von Orleans 1801)是歷史的浪漫派悲劇，是把法國奇女救國的故事爲本，所以也可說是有名的愛國劇之一。——(8)「麥息那新婦」(Die Braut von Messina 1803)，是一本仿希臘戲劇雜有合唱的運命劇；內容是描寫麥息那王室兩兄弟因爭一少女而演的慘劇。——(9)是歷史的悲劇「威廉武爾」(Wilhelm Tell 1804)也是歷史的悲劇；他是取材於瑞士獨立中一段故事；立意是表演一種民族反對官吏暴虐的精神。這本劇的結構描寫文字情節都臻上乘，不特在德國古典派中無與其匹，即世界近代戲劇中也難求其選。至今演時，還可以感動全場的觀衆，席氏的功候至此入於化境了。可惜他僅終於此時。

席氏的抒情詩也是絕佳的作品；其中最膾炙人口的是「坡呂克拉德的指環」(Der Ring des Polykrates)，「伊俾庫斯之鶴」(Die Kraniche des Ibikus)「沒水者」(Der Taucher)，「手套」(Der Handschuh)，「與龍之戰」(Der Kampf mit dem Drachen)，「哈布斯堡伯爵」(Der Graf von Habsburg)等篇。

還有一篇世界名著就是「鐘之歌」(Das Lied von der Glocke 1797)，題目雖是敍「鐘」之鑄造，而他的寓意卻是表述世人的一生；頭段是鑄匠的訓辭，中段是寫一般一般人洗禮，結婚，火災，死亡的狀況，末段是寫工作後歡宴和民衆暴動的社會狀況。

席氏的作品胎息於康德，以抽象的想像見長。歌德的作品卻大半得自斯賓挪沙（Spinoza），所以以描寫自然界見長。這二人的作品互相補缺，互相發明，開曠古未有之奇觀。我們在兩人合作的唱酬詩集（Xenien 1796）如：「刻勒之怨訴」（Klage des Ceres），「逢拍吉與赫庫蘭農」（Pompeji und Herkulanum），「異地之女郎」（Das Mädchen aus der Fremde）等作裏，可以窺見他們契合的精神；德國文學至此已達他的頂點了。

第五節　同時代中之過渡學派文學

德國古典派文字固然窮極燦爛輝皇；究亦未免可以予人指摘之點：第一該派在王侯卵翼之下，不免帶有貴族的色彩；第二古典文學模範希臘，羅馬，使人易流於重視格式，而忽視自然。加之當時法國自由革命之思想已彌漫全德。於是文學界中遂建了兩異幟；一以打破一切爲號，一以擁護固有文學爲原則。固然他們的能力很薄弱，壽命很短促，然而他們開了浪漫文學之先河；故亦有過渡文學之稱。茲分說於下：

甲、狂飈突進派（Sturm und Drang）是斯特剌斯堡的大學生中崇拜在法蘭西境內風行的自由運動而組織的。他們不但要在文學上，而且要在政治，宗教，社會上達到推翻的目的。他們採赫德的名言「天才不須規律」（Das Genie bedarf der Regeln nicht）做口號，把莎士比亞作品的自由格式做模範，用盧梭不滿意社會現狀的的態度做他們的主張。但是矯枉過正，欲速不達，求自然而得奔放，結果誤於急功而造成一種不可卒讀的文字。

赫德（他的：「論新德意志文學」（Über die neuere deutsche Literatur），歌德（他的：「革次豐伯力欣思」和「少年維特之煩惱」）席勒爾（他的：「刼賊」「飛斯科」「陰謀和愛情」）諸人中間曾爲這派撐腰，但是不久都離去，復走他們的本路。而這派中含了上述諸人之外更無所謂天才，所以這派的沒落死刑隨也宣告了。其中著名的不外是楞玆（Reinhold Lenz 1751–1792）與克林革（F. M. v. Klinger 1752–1831）二人而已；這派的定名就是靠着後者的戲劇（Sturm und Drang）。還有一個就是新聞記者叔巴特（Christian Friedrich Schubart 1739–1791）。他們的作品都不大出色。惟獨叔氏的自傳（一七八九）和他的「德國年紀」（Deutsche Chronik 1774–1777）爲含有時代精神的作品。

乙林下同盟(Der Hainbund)是革亭恩(Göttingen)大學生在某次大學生旅行中所組織的一個團體。他的主旨是崇拜克洛卜斯托克的愛國和敬神的思想，而攻擊徵闌乃至歌德的放蕩不羈；他的言論機關是「文藝年代」(Musen-Alamanah)，但也不過幾年就解組了。

這派的巨子首推服斯(Johann Heinrich Voss 1751-1726)；他是有名的翻譯家(翻譯荷馬，亞理斯多芬，維爾基爾 Virgil 諸人的名著)和山歌作家(「七十壽辰 Der siebzigste Geburtstag」和路易塞 Luise 爲最有名)；其次就是悲歌作家赫爾提(Ludwig Höltz)他的詩集(Gedichte 1770)最爲悱惻纏綿(1748-1776)；抒情詩人兄弟斯托爾堡(Christian von Stollberg(1748-1821) und Friedrich von Stollberg 1750-1819)。而精神上相通的還有布耳革(G. A. Bürger 1747-1794)以他的敍事的抒情詩「勒諾勒」(Lenore 1770)聞名於世。還有兩個上乘的民衆詩人：一是喀羅狄烏斯(M. Claudius 1740-1843)，他的「馬鈴薯歌」(Pasteten hin, Pasteten her)，他的晚歌「月兒上來了」(Der Mond ist aufgegangen)等等至今有口皆碑。一是赫柏爾(Peter Hebal 1760-1826)是用德國方言寫的最佳的山歌作家；他的愛勒曼人詩集(Alemanische Gedichte 1803)和萊因之好友(Der Rheinische Hausfreund 1805)使他的名聲不朽於後世。

丙、舍上述兩派之外還有一些作家，有抒己見以完成其作品，其中最著名的是：

是理喜忒(Jean Paul Richter 1763–1825)他是富於情感，幻想與滑稽的作家；所以最長於恢諧的敍述。他可稱爲德國印象派文學的始祖，因爲他幷不描寫對象的本身，卻只形容對象所加於他的一般印象。他的作品計有五種長篇小說，與四種恢諧的短篇小說。五種小說是(1(「看不見的小屋」(Die unsichtbare Loge 1792)，（2）「赫斯拍魯斯」(Hesperus over 54 Hundsposttage 1795)，(3)「濟本撥斯」(Siebenkäs 1796–1797)（4）「提坦」(Titan 1800–1803)，（5）「發育時代」(Die Flegeljahre 1804)不啻是作者的自傳。這五本小說都是描寫理想與現實的衝突，而最後三本尤爲作者的傑作。至於短篇小說：（1）是知足的小學校長之生活，(Leben des vergnügten Schuimeisterleins Maria Wuz in Auental 1793)是「看不見的小屋」之附篇；（2）是「菲克來因之生活」(Leben des Quintus Fixlein, Schullehrer und Pfarrer 1796)中有涉及作者幼年的事實；這二本是頂有名的。其次就是「理想牧師之夫雷茲旅行記」(Des Feldpredigers Schmelzle Reise nach Flätz)與「夫羅立安院長的行囊和他的非希忒爾的旅行記」(Des Roktors Florian Fälbel und seine Primaner Reise nach dem Fichtelgebirge。

還有兩個洪保德弟兄(Alexander von Humboldt 1769–1859) und Wilhelm von Humboldt 1767–1835)，前者長於自然之研究，(「自然之意見」Ansichten der Natur 1808) 與「宇宙」Kosmos 1845)後者長於語言之研究，至文學上的創作卻不著名。

第六節　浪漫文學(Romantismus)時代(約自一七九〇至一八三〇年)

在這時代裏歌德和席勒爾雖然還健在，但是時代變遷了；他們的不朽的古典作品只好算爲前時代的作品，不能代表這時代了。

此時去腓特烈大王的遺烈已遠了；後繼諸王都是孱弱多忌刻，於是散漫的德意志益形頹廢了。法蘭西第一次革命卻只喚醒德國民衆的狂念，而不能激起他們的動作。拿破崙的軍隊步步東進了，北德，南德都拜倒專制魔王的麾下；德國至此眞個陷於厭世的沉睡了。雖然幸得普魯士的支撐，把拿破崙打倒了，德意志聯盟也得恢復了，然而三國神聖同盟卻起來壓制自由思想，殺戮志士。這種警察國家的壓迫遂使舊時代的詩人或緘口不言，或閉戶私歎，而大多數則假托於感情與放恣以自隱了——加之株守古式農業的德國經了拿破崙戰爭的蹂躪與搾取又復陷於困境。——於是思想界更自現實逃入空想去了。因此康德的哲學卻造出斐希特的「自我」學說，同時瑟令（Schellings）卻更進而創自然與精神合一說，想冶哲學，文學，科學為一爐。此種思想遂為新時代青年作家的基礎。他們要求（1）文學須具萬能性；就是主張文學須包含一切藝術，而反對文學家自立一格；（2）天才的人須有自主之權，就是藝術家可以發揮自我的個性，不受一切法律的判裁；（3）文學家應採熱嘲的態度，以攻擊一切客觀的常理的合法的；（4）他時時須提高幻想與情感以壓制批評與理性。又因他們反對古典派之追蹤希臘羅馬的藝術文學，於是極力提唱中古德意志的自然文學；因為他們要想合精神與自然為一致，於是採用宗教——尤其舊教，做他們信仰的基礎。於是感情的，自由的，神祕的，主觀的，愛國的，發揚中古德意志文學與基督精神的浪漫文學於以成熟。從前的啓蒙文學至是為之掃蕩無餘，連歌德的與席勒爾（除了他們表現德國古代精神的作品之外）也都受了他們的掊擊與攻擊。惟薇蘭與赫德還受了他們的推崇。而外國文學家中如西班牙之塞凡提（Cervantes）與加爾德倫，意大利之丹第（Dante）阿利渥斯妥（Ariosto）與塔索（Tasso），英吉利之莎士比亞亦予他們以巨大之影響，而後者之戲劇尤為他們的模範。——這派文學家復有舊派新派之別，舊派多專批評，新派專長創作。克來斯特（Kleist）是其中的大樹。而烏蘭，愛亭多夫，呂刻特諸人也都是傑出的作家。

而這派詩人尙有種種細別茲爲分說於下

(一)前派浪漫詩人

他們在文學上不甚重要。創始者是士勒革爾兄弟二人(Wilhelm und Friedrich von Schlegel)，地點是自耶納大學移到柏林大學；機關雜誌是「雅典學社」(Das Athenäum)。但是著名的還是他的後輩作家，一個是悲歌作家諾發力斯 (Friedrich von Hardenderg Novalis 1772–1801)，和童話及小說作家提克 (Ludwig Tieck 1773–1853)。前者的詩歌多含宗教的色彩；他的「詩集」Gedichte (1797) 至今稱頌不衰。後者是民衆童話的復興者；近代藝術的短篇小說的始祖；他更繼承士勒革爾的遺志，譯完了沙士比亞作品；所以有「浪漫派之王」(Fürst der Romantik) 之稱。

(二)後派浪漫詩人

這派是把海德山 (Heidelberg) 大學做根據地，所出人材比前派強些。他們的兩個領袖的抒情詩人布棱塔諾 (Clemens Brentano 1778–1842) 與阿尼謨 (Achim von Arnim 1781–1831) 曾合著那本關於古代德意志民衆，兒童和教會的歌集「少年的魔笛」(Des Knaben Wunderhorn 1805)，其藉着簡樸新穎處，完全代表眞正德人的作風，可稱爲該派中最重要的作品。而前者尤具有音樂化的用語天才;無論或難或易的韻律,他都能夠得心應手的運用,所以他的短詩也有可取的。——此外還有抒情詩家愛痕多夫(Joseph von Eichendorf 1788–1857),他的詩歌,尤其他的旅行歌,很深切的表述他的西里西亞的故鄉,和德國山水的美麗;更經他的友人孟得爾孫(Mendelssohn)譜爲歌曲之後,遂得至今留在民衆的口齒間。他的短篇小說「一個無用人的生平」(Aus dem Leben eines Taugenichts 1819)尤稱爲世界的名著;浪漫派作風的一切性質都可以在這裏面看得出來。——其次就是格麟弟兄二人(Wilhelm und Jacob Grimm);他們的「兒童和家庭的童話」(Kinder und Hausmärchen 1812)不啻若自民衆的口中出,至今猶爲兒童的嗜好品。——再其次就是女抒情詩人德洛斯忒(A. E. Droste-Hülshoff 1797–1848);她不大好玄想,而重淡寫,所以她的「詩集」(一八四〇)頗長於寫實。他的鄉村短篇小說「猶太詩籍」(Die Judenbuche 1860)尤爲接近於寫實派。

(三)自由詩人(Freiheitsdichter)

他們是反對拿破崙一世的愛國詩人。他們的價值少在於他們的詩的天賦,而多在於他們的道德上的嚴肅和他們的熱心行善。其中最著名的凡四人,都是長作愛國尚武的詩歌:(1)安特(Ernst Moritz Arndt 1769–1860)的「什麼是德人的祖國」(Was ist des Deutschen Vaterland)?「喇叭吹什麼曲？」（Was blasen die Trompeten），「誰是一個男子」（Wer ist ein Mann）（2）寇爾（Theodor Körner 1791–1813）的「絹與劍」（Leier und Schwert 1814），「戰前的團結歌」（Bundeslied vor der Schlacht），「與生言別」（Abschied vom Leben），「劍歌」（Schwertlied）；（3）申豐多夫（Max von Schenkendorf 1783–1817）的「自由」（Freiheit），「兵士晨歌」（Soldatenmorgenlied），「對祖國道早安」（Frühlingsgruse an das Vaterland），「來因之歌」（Das Lied von Rhein）和（4）呂刻特（Friedrich Rückert 1788–1866）的「這男子勇哉」（Der Mann ist wacker），「普魯士的婦人」（Frau'n Preussens），「巴巴洛薩」（Barbarossa），「住在來因河沿的你們德人」（Ihr Deutschen von dem Flutenbett der Rheines）等等，都是德國文學的明珠。而呂氏尤長於運用韻律，且頗重視格式，所以精神上頗接近於新古典派。他的兒童故事如：「催我小妹妹睡的五篇童話」（Fünf Mürlein zum Einsshlafern für mein Schweisterchen），「說那個願帶在身邊處處去的小兒」（Vom Büblein, das überall mitgenommen hat sein wollen），「說那株羨慕他樹株葉的小樹」（Vom Bäumlein, das andere Blätter hat gewolet）尤爲嫵媚動人。刻淖還有歷史悲劇「玆靈尼」（Zriny 1812）也極其慷慨悲憤。

（四）散處各地的浪漫派詩人

上述三派都各有組織各有目的，然而在文學上的價值卻遠遜於散處各地，獨自研究的浪漫派詩人。所謂浪漫文學之花是開在那裏面。現在依地勢分為南北兩組：

（a）北派浪漫詩人．在這組裏面出了浪漫派泰斗克來斯特（Heinrich von Kleist 1771-1811)。他是天生的浪漫派戲劇家。他很像莎士比亞；因他善於選擇與變換材料，具有活躍的描寫能力，精於形容劇中人的個性，富於熱烈的情感。一切感觸，喜怒哀樂，他都能夠眞切的表現出來。他的作品的結構極佳；一切劇情都有解決，所用的韻律雖然不免錯誤，而他的用語卻極工巧，忽而悲慘，忽而婉轉，忽而平淡。他的戲劇在德國文學界裏是最美麗的，最別緻的作品。其中最著名的是（1）喜劇「打破了的提壺」（Der zerbrochene Krug 1804），立意是「害人還害己」。（2）騎士劇「亥爾布綸之小卡特」(Käthchen von Heilbronn 1810)，是描寫純潔女子的堅貞苦守。（3）愛國劇「赫爾曼之戰」(Hermannsschlacht 1809)，與（4）「渾堡之王子」(Der Prinz von Homburg 1808)，(5)運命悲劇「士洛汾斯泰因家庭」(Die Familie Schroffenstein 1803)。其次就是（6）喜劇「安菲特綸」(Amphitryon 1805) 與「盃忒息雷阿」(Penthesilea 1806)。克氏並且是短篇小說的巨手；在他的這類作品中最爲動人的「米哈厄爾・科爾豪斯」(Michael Kohlhaus 1808)。——第二個是卡密索(Adalbert von Chamisso 1781–1838)，他是系出法國貴族，所以他的作品是合法人的機巧與德人的親切，他尤長於短詩。他的抒情詩「婦人之愛與其生活」(Frauenliebe und Leben)往往被人譜入歌曲，繪爲畫圖。其餘如敘事的抒情詩中之「逢庫耳王宮」(Das Schloss Boncourt)，「浣衣老婦人」(Die alte Waschfrau)，「慘史」(Tragische Geschichte)，「淚壺」(Tränenkrüglein)等都是德國文學界的上乘作品。還有一篇滑稽的童話：「彼得・士勒密爾的奇怪故事」(Peter Schlemihls wundersame Geschichte 1813)馳譽全球。又有他的「環球旅行記」(Die Reise um die Welt 1832)也極其有趣味的日記。

(b)南派浪漫詩人中最著名的是烏蘭(Ludwig Uhland 1787–1862)在南德的地位等於克來斯特在北德的。德國浪漫派文學至於他們二人已達到頂點了。他是士威賓(Schwaben)的代表詩人。他爲人簡易而親切，好戲謔而不傷雅，用語句明瞭而警策。所採材料多半出自中古德史，所以一班民族讀他的詩歌所用部律渾然合於音節，所以許多編曲家如叔曼(Schumann)，孟得爾孫(Mendelssohn)，克壘策(Kreutzer)等每喜譜之入歌曲。世人對他甚有「詩歌大王」(Der Fürst der Ballade und des Liedes）之稱。他的短歌中如：「上頭是教堂」（Droben steht die Kapelle），「這是主之日」（Das ist der Tag des Herrn），「我有一個同伴」（Ich hatt einen Kameraden），「我是山上的牧童」（Ich bin vom Berg der Hirten-knab），「三少年渡過了來因」（Es zogen drei Burschen wohl über den Rhein）；他的敍事的抒情詩中如：「海邊之宮」（Das Schloss am Meer），「盲王」（Der blinde König），「厄登哈爾之幸福」（Das Glück von Edenhall），「歌者之咒語」（Des Sängers Fluch），「小羅蘭」（Klein-Roland）等都是極佳的作品。烏蘭的戲劇雖然有幾處很佳，但終究缺乏情節與生意；其中最佳的是歷史愛國劇：「路易巴威人」（Ludwig der Beyer 1819）爲最佳；他如「伊倫斯特侯爵」（Herzog Ernst von Schwaben）亦頗有名於世。

其次就是敍事詩人瑟斐爾（Viktor Scheffel 1826–1886），他的熱烈的情感，迸發的詼諧，嫵媚的辭句，完全不失德人的本色；不過繪描人物，不大深切，引用韻律，有時牽強。他的作品中自然推（1）愛情敍事詩「塞欽恩之喇叭手」（Der Trompeter von Säckingen 1853），與（2）德國最佳的歷史小說「厄克哈特」（Eckehard 1855）；及遊宴詩集：「告得阿穆斯」（Gaudeamus 1867）；其次就是兩本詩集，「阿汾提烏勒夫人」（Frau Aventiure 1863）與「詠山歌集」（Bergpsalmen 1869）。——還有一個異軍突起的就是奧地利亞的大抒情詩人勒瑙（Nikolaus Lenau 1802–1850）。他是當時德國最大的悲歌作家；因他描寫世間的苦情最爲悽惻動人。他的福音是過去；他的腔調是對失卻了的樂園如對兒童的信仰，母親的慈愛，墳墓的幽靜等等表示無窮的追念與惋惜；所以他的抒情詩如「春之死」(Frühlings Tod)，「秋嘆」（Herbstklage）,「冬夜」（Winternacht）,「請願」(Bitte)，最爲悲惻纏綿；若他的旅行詩「三印人」(Die drei Indianer)，「海之晨」(Seemorgen)，便遜了一籌；至於他的敘事情詩，更不足道。——他如以中古故事集「古典派古代的故事」(Die Sagen des Klassischen Altertums 1840）著名的士瓦布(Gustav Schwab 1792–1850)以詩歌「最富的公爵」（Der reichste Fürst)，「騎到墓上的路德福皇帝」(Kaiser Rudolfs Ritt zum Grabe)著名的詩人卡涅(Justinus Kerner 1786–1862)；以小說「光石」(Lichtenstein 1826）和許多民歌，童話著名的豪夫(Wilhelm Hauff)；以歌謠如：「磨夫之歌」(Müllerlieder)，「門前井畔」(Am Brunnen vor dem Tore)，並以短篇小說：「藝術橋上之丐女」(Die Bettlerin vom Pont des Arts)等傳頌至今的穆勒（William Müller 1794–1827）；以童話體短篇小說「烏第涅」(Udine)令人嘆賞的廮特佛克(F. Baron de la Motte-Fouqué 1777–1843)在世界文壇上都有他們獨特的貢獻。

後古典派 (Nachklassiker)

在浪漫派得勢的時代裏卻還有遵守古典派的信條而不受外誘的作家，而且得了一個很著名的戲劇作家格利帕齊做他們的盾牌的，這就是後古典派。

格利帕齊 (Franz Grillparzer 1797–1872) 生於維也納，雖處在詩人難當的困難狀況之下，卻能夠永在他的祖國過他風塵末吏的生活，經了不少的失望之後死在他的故鄉裏。

格氏雖然以浪漫派始，卻以古典派終。就古典的理想派方面來說他是席勒爾之後德國最佳的戲劇家。他的思想之高超，感情之豐富，表述之佳妙，都彷彿像席氏。他善確據史的材料描寫人物的個性；尤長於描寫女子的性格。他的辭令也極其佳妙雋穎，不過有時發生文法上的錯誤。

格氏的劇本很多；因而著名的雖是悲劇「遠祖母」(Die Ahnfrau 1816)，但他的巨著卻首推兩本古希臘派悲劇「薩坡」(Sappho 1818) 與「金羊皮」(Das goldene Vlies 1821)。其次如兩本歷史悲劇「鄂托卡王之幸福與結局」(König Ottokars Glück und Ende 1825) 其「海與愛之波」(Des Meeres und der Liebe Wellen 1831)，喜劇「可憐說謊者」(Weh dem, der lügt 1838)，使徒行傳劇「立部薩」(Libussa 1848) 及童話劇「夢是一種生活」(Der Traum ein Leben 1834)，

也是不可多得的名劇。至悲劇「哈布斯堡家兄弟之爭」(Ern Bruderzwist in Habsburg 1845)與「托勒多之猶太婦人」(Die Judin von Toledo 1849)則較遜色些。

格氏的散文作品中也有極其名貴的；尤其聳動文學界的是那兩本著名的短篇小說「森多米耳的寺院」(Das Kloster von Sendomir 1828)與「可憐的彈奏者」(Der arme Spielmann 1848)，後者描寫當時維也納人的心理，尤爲刻劃入微。

舍格氏之外便是上述的自由詩人呂刻特。還有一個就是普拉騰 (K. August G. M. Platen 1796–1835)卻只以講究格式爲事，所以他的作品除了一二首詩歌之外，只有「極不幸的叉子」 (Die verhängnisvolle Gabel 1826)爲反對浪漫派，反對當時「運命悲劇」(Schicksaltragöden)的有價值的作品。更有一個情感很熱烈，而格律很謹嚴的詩人赫爾得林 (Friedrich Helderlin 1770–1845)，他的頌歌式的詩歌如：「旅行者」(Der Wanderer)，「故鄉歸來」(Rückkehr in die Heimat)，「希臘」 (Griechenland) 至今讀之令人悠然神往。

第七節　少年德意志派(Jungdeutschen)文學或政治的浪漫文學時代

(1830–1850)

在這時代內的浪漫派還在盛行着；勒瑙（Lenau），德洛斯忒（Droste），麥立克（Mörike），烏蘭（Uhland）諸人的作品與聲望還在炳耀文壇。但是對外解放的時代已過去了，現在是對內革命的時代了；所以這時代的代表者已不是文學的浪漫派，卻是政治的浪漫派了。

蓋自拿破崙推翻了後，德國各王室對於渴望參政的民衆不特自食其言，並且壓抑愈甚；但是當時逐漸發達的交通中等階級逐漸擴張的企業，法蘭西革命與希臘自由戰爭（一八二一）的影響，卻在在激起德國民衆的熱腸。於是逐漸發生了兩次革命：一是爲爭立憲而發的一八三〇年革命，一是爲求政治自由與國內統一而發的一八四〇至一八四八年革命。雖然革命目的不得達到，然而自由思想與愛國觀念卻轉而愈磅礴，於是乃有一八七〇年之勝利與一八七一年之團結。其功不得不歸諸柏勒（Börne），格剌柏（Graabe），海涅（Heine），卡密索（Chamisso），谷次科甫（Gutzkow），勒瑙（Lenau），步喜涅（Büchner），勞柏（Laube），夢特（Mundt）諸人。

這派詩人除了上述政治的環境之影響之外，還受了當時著名哲學家黑智爾的辨證法與歷史哲學的影響，於是一洗從前幻想浮躁的積習而趨於實在沉靜的。而黑智爾的弟子如斯特牢斯（Strauss），斐厄巴哈（Feuerbach），斯提耳涅（Stirner）諸人更以宗教反對論使他們脫離了舊時代迷信的色彩，而自然學家洪保德（Humboldt）的自然全體說與自然觀察說又使這時代的作家於描寫上趨於剴切，明瞭而簡潔之一途。——加之當時國家經濟學者李士特（List）開始工業化德國保護稅策與鐵路政策使德國漸生了大城文化而聖西門派的空想社會主義也輸入了，更使浪漫派的詩人日捨其浪漫，架空的幻想，而入了社會的平民的現實之境。同時婦女問題，旅行文學與猶太人解放運動也隨之而起。於是文學界裏漸捨縹緲的過去騎士的舊風，而從事當面的現代與平民的社會問題了。

在這政治的浪漫派作家中，於文藝上堪稱不朽的，不外數人，然而誘文學與人生相接近，開寫實派之途，抱愛國與自由之思想，啓新德國之基，其功已不在他派創作之下。現在把其中巨子分述於下：

海湼（Heinrich Heine 1797–1831）是杜塞爾多夫（Düsseldorf）的猶太人。自少受了猶太的精嚴教育，後改宗基督，但他終究和宗教不相容。一八一六年漢堡（Hamburg）經商，後棄商在波因（Bonn），格丁根（Göttingen），柏林各地研究法律。一八三一年以後居於巴黎，擔任政治的通訊員，并以溝通法，德文學爲己任。後得絕望的病困苦顛連，死於該地。

雖然在他死後還受了文壇上的議論，海湼究竟是一個傑出而偉大的特種性格；他在該時代的領袖天才之中是最強毅，最特式的；這時代文學都是奉他做中心而分演下去。他的唯一的榮譽在於他的文學價值壓倒各國的猶太人，而且能坦然表示猶太人的那種自我主義。

海氏的詩人價值在於（1）要求文學作爲活躍的時代思想之支持者，（2）要求德國文學須具明瞭而平淡的形式，（3）要把現代的生活寫入文學中。他的散文能打破從前呆滯的辭藻，把文學非常雅化起來；他獨創的辭句尤能夠表出時代的精神。他的韻調或長或短，迷離惝恍，極盡合拍的能事；所以他雖是極力攻擊浪漫派，其實正是浪漫派的完成者。

海氏的我見極重，尤厭惡當時的文化狀況；當時鼓起政治的，社會的，文學的波瀾，使一切醞釀的運動由他左右的，就是這位自我的詩人。

海氏的抒情詩是歌德以後第一人的作品。他的創作共分三時期：第一期的作品以詩集「歸來」(Heimkehr 1823–1824) 爲最佳，是寫他個人的戀愛。其中以「我不知這是何意」(Ich weiss nicht was soll das bedeuten)，「我們坐在漁屋畔」(Wir sassen am Fischer-hause)，「我的兒吓，我們也曾做過兒子」(Mein Kind, wir waren Kinder)，「悲哉我的心，我的心」(Mein Herz, Mein Herz ist traurig)，「陌生路上夜沉沉」(Nacht liegt auf den fremden Wegen)。其次就是他的著名的「旅行記」(Die Reisebilder 1826–1831)，是他個人觀察日常事件的閑談記；其中最膾炙人口的是

「哈次旅行記」(Die Harzreise)；其次就是「北海旅行記」(Die Nordsee)。

第二時期是他在巴黎宣傳革命的時期；所以多作的是散文作品，而受聖西門的空想社會主義的影響最強；其中多寫法國的藝術及社會狀況。有一本「論德國的宗教與哲學」(Zur Geschichte der Religion und Philosophie in Deutschland)最風行一時。

第三時期又從事作詩；自一八四一至一八四二年著了「阿塔特洛爾」(Atta Troll)，是攻擊德國文化，人物，社會狀況的政治詩集。一八四四年發表的「新詩集」(Die neuen Gedichte)，其感情之熱烈更甚於第一時期中之「詩集」(Buch der Lieder 1827)。其中如：「林中意鬱鬱葱葱」(Im Walde spriesst und grünt es)，「水中月影在蕩漾」(Wie des Mondes Abbild zittert)，「黃金足的繁星」(Sterne mit den goldnen Füsschen)，「用黑的帆航着我的舟」(Mit schwarzen Segeln segelt mein Herz)等都是德國第一流抒情詩。而這時期最佳的作品卻是「史詩集」(Romanzero 1850)，是他的晚年最成熟的作品，取材於西班牙，埃及，波斯，暹羅，墨西哥諸國；分類為史事，悲歌及希伯來的淒涼小調；這册詩實使他成為不朽的抒情詩人與史詩人。

在少年派中以戲劇稱雄的是谷次科夫 (Karl Gutzkow 1811–1878)。他是泥水匠的兒子，生於柏林，就學於中學時，卽以教學自給，後入柏林大學，於雜誌：「新聞文學的裁判所」（Das Forum der Journalliteratur）中卽表示他的特性與革命精神。自一八三五年後乃以小說論文貢世。一八三九年以後始銳意著劇。後自巴黎歸後，於一八四六年往得勒斯登（Dresden），是爲他的創作達到極點之時代；後往柏林參加革命，後復折而著作，漫遊各地，終死於薩克森豪森（Sachsenhausen）。

谷氏以廣博的才幹，奮鬬的精神，爲這時代的領袖。與其說他是詩人，無寧說他是批評家與新聞記者。自審美學方面觀之，他固然不是第一流的小說家與戲劇家。他實只想在政治，宗教，自然科學中表現他的思想，以醫治當時粗糙而退步的文學。所以我們只把審美學來測度他的作品的價値，便錯了。他是頭一個完全輕視韻文，節調以及文學上一切格式，只極力求理解人生的詩人；所以他只採取現在的材料，而有意捨棄永久的立腳點。他的作品固然不少含有幻想與情感，卻極廣泛而剴切。在戲劇上他實是近代悲劇與喜劇的創始者；因他一方面皆把近代的思想表現在舞臺上，而且毅然批評現代的社會狀況，一方面開始用散文來代韻文。

他的少年作品中以他的悲劇「薩發革」（Richard Savage 1839）爲最佳，是描寫一個極有名的著作家無效果的攻擊階級差別和現存的政治狀況。至於最流行的那本劇「國王副官」（Der Königs leutnant）卻最無價値，在歷史的色彩上較爲深切的是他的喜劇「辮與劍」(Zopf und Schwert 1844)，在文藝上雖然沒有大價値，但暗裏描寫腓特烈威廉一世的宮庭卻極其活躍迫眞。他的最佳的喜劇卻是「塔圖斐的原像」(Das Urbild des Tartuffe 1847)。在他的悲劇中以詩意的高尙格式的純美，歸結的動人得名的首推「阿科斯塔」(Uriel Acosta 1847)；這不特是他的最佳之作，而且是該派中唯一不朽的悲劇主人翁阿科斯塔不啻是他自身的寫照。

谷氏的小說的價値也不在戲劇之下。他的小說作法頗爲著名，他以爲：（1）小說不應專敍一人的歷史，當描寫同時多數互有關係的人物，（2）小說的人物不能單據一個動機而行動，卻當適應社會的一切事機而發；（3）在一切擾擾攘攘的行動背後須有一種觀念連貫着。這種要求自然很難做得到，就是他自己也未能履行無憾。他的功績卻是大思想家的功績；所以他的小說中也是以表現他的偉大精神的「強毅的騎士」(Die Ritter vom Geiste 1850) 及「羅馬的術士」(Der Zauberer von Rom 1858) 二本爲最有價値。

在敍事詩中首推印麥曼 (Karl Immermann 1796–1840)。晚近以來，作家往往致力於戲劇與小說，而忽略於詩歌——尤其敍事詩。就是印氏在一八二〇及一八三〇年間，也曾設法作一本巨大的小說，果然，他的「苗裔」(Die Epigonen) 與他的「閔喜豪繪」(Münchhausen) 費了好幾年功夫出現了。其次他也有戲劇出現如他的「安德累雅斯、和斐」(Andreas Hofer 1821)，是以席勒爾的「威廉忒爾」(Wilhelm Tell)，他的「阿勒克息斯」(Alexis 1832) 是以「瓦楞斯泰因」(Wallenstein) 爲模範。但是他的不朽卻不寄在他的小說與戲劇；他的眞價值卻正在他所著的敍事詩的兩作品。第一是神祕的劇詩「麥耳林」(Merlin 1832)；其中有幾處尤最爲悱惻纏綿；該伯爾 (Geibel) 至稱之爲第二之「浮士德」(Faust)；但是最使他傷心的是無人稱道這本作品。第二本就是他的小史詩「小吐利芬特」(Tulifäntchen 1830)，是一本童話詩同時又是一本嘲謔當時社會的敍事詩。印氏至此蓋已脫卻迷離的浪漫派，而進入於寫實派之林矣。

此外可算有名英國文學迻譯者夫賴力格剌特 (Ferdinand Freiligrath 1810-1876)。他是以善描風景與善用辭句的詩人；爲第一個描寫外國風景的作家。他的革命文學中在一八四八以前，有「信仰之供狀」(Glaubens-bekenntnis) 與「快要成功了」(Ça ira)，在一八七〇年統一之後「日耳曼萬歲」(Hurra, Germania) 與「微溫微勒之喇叭」(Die Trompete von Vionville)，尤以最後者爲最有名。然而他的眞價值卻在於他的詩歌：「心海與荒原」(Herz, Meer und Wüste)，「哭吾父之死」(Auf den Tod meines Vaters)「花之仇」(Der Blumen Rache)「旅行者之幻像」(Das Gesicht des Reisenden) 等篇。

還有一個小說家阿勒克息斯（Wilibald Alexis 1798–1871），是專長於敍述日常細故及歷史事件，尤其北德風土的小說。他善把自然與運命，山水的描寫與人物的形容合爲一致；以後的浪漫派作家於此都奉他做模範。

他的歷史小說多以勃蘭登堡（Brandenburg）地方爲主，所作頗多。然以「柏林之羅蘭」(Der Roland von Berlin)，「布勒多夫先生的袴子」(Die Hosen des Herrn von Brenow)，「卡巴尼斯」(Cabanis)，「安靜是市民的第一義務」(Ruhe ist die erste Bürgerpflicht)諸篇爲佳。

此外如以愛國歌「德意志，德意志，超越一切，超越世界一切」(Deutschland, Deutschland über alles, über alles in der Welt) 馳譽全國的法勒雷本 (Hoffmann von Fallersleben 1798–1874)，著「安特衞盆的粗鐵匠」(Der Grobschmied von Antwerpen) 的琴刻爾 (Gottfried Kinkel 1815–1882)，與著有「一個活人之詩」(Gedichte eines Lebendigen) 的赫耳威(Georg Herweh 1817–1875)都是很有名聲的。

第八節　浪漫派復興與寫實派擡頭時代（一八五〇——一八六五）

自一八五〇年以後革命的聲浪沉沒無蹤了。普魯士的統一計劃也被破壞了；德國至是又分爲普魯士與諸小邦之同盟，與其他四王國。奧國不特不想統一，而且還繼拿破崙的遺策，在極力破壞着。而俄國更從而作梗其間，遂使普魯士放手不致再作統一之夢；並且復效梅特烈遺策更極力壓抑志士。然而自一八六〇年以後德國民衆也漸知相親相愛了；他們在文藝上漸漸有團結的表現，並且當時中等階級逐漸得勢，報紙逐漸發達，在公論裏常常見到公判的鳴聲。

但是經濟界卻日趨於興旺之境；固然政府在提倡着，然而也藉着大企業家克虜伯（Krupp），西門子（Siemens），邁爾（H. H. Meier）諸人，更努力於海外貿易以造成德國的資本主義。於是加州與澳洲的金銀湧到國內，國內的煤鐵逐漸開掘了；德國蓋已自地方經濟進入國民經濟了。詩人們遂也安於富庶，而淡於改革了。加之交通發達，人口增加，民衆對於文學的安慰更形劇烈，於是文士日多，作品也日富。

同時科學也日以進步，化學家本森（Bunsen）等闡明有機物與無機物之關係，生物學家士宛（Schwann）等更成立細胞論與生命發展論。於是造成唯物論哲學之基，而費兒巴黑（Feuerbach）步喜涅（Büchner）更進而完成他們的一元論，但是同時赫爾巴特（Herbart）陸宰（Lotze）費希奈爾（Fechner）則創精神論以抗之；於是德國思想界遂因之而分二派。

然而同時對於宗教的信仰心卻日以淡薄，因科學進步在在啓人以所不知之境，而形式的宗教之壓迫更驅有思想的人趨於「此世」的探求。

同時人家也窺見海涅一派的時間限性與政治傾向，卻只能創作一時的小品（如短詩，悲歌，遊記等），卻不足以完成永久的美感的巨著（如小說，悲劇等；）於是文壇上頓起了反對政治的詩人的呼聲。但是環境卻使他們分為兩途。

（一）後浪漫派（Nachromantik）

他們主張回復從前古典浪漫的舊觀，奉歌德，席勒爾諸人的作品為模範，採材料於歷史中，以唯美為理想，以格式為規矩，而放棄舊浪漫的放蕩與玄想，以幽靜淵雅的辭句出之。他們在外國尤受丹麥安徒生（Anderson）與法國斯克利甫（Scrive）的影響；在國內則藉巴威王路易一世的援助，以閔行（München）為根據地；雖然寫實派路易，路透斯圖謨諸人很受他們的影響，然而他們真正的領袖該伯爾（Geibel）與海最（Heyse）在創作上卻遜一籌，倒是政治浪漫派色彩很重的瓦格勒為這派撑腰，以成浪漫派復興之局。

瓦格涅（Richard Wagner 1813–1883）雖然是參加一八四九革命的青年派詩人，但他畢竟是新浪漫派時代的巨子，因爲他的成熟作品是在一八五二年逃亡之後。他的人生觀是先受費兒巴哈，後受叔本華的影響；所以歸結是認藝術與宗教是有密切的關係的。他雖然參加過革命，但他卻只贊成政治革命，卻反對社會主義的社會革命；他的貴族的傾向與愛國的熱誠使他反對平民，反對猶太。

瓦氏不是第一流的思想家，因爲他在言論上或失之冗長牽強，或失之偏激模棱；他也不是第一流的戲劇家，因爲他的戲劇裏差不多缺乏合理的理由，精細的性格描寫。

然而瓦氏有他的不朽，他的偉大性格描寫，與生氣勃勃。他的語言所不能使人了解的，而他的音樂卻使人悟徹而感動。他不是寄在語言，而全寄在音樂。他是畢生與舞臺及樂場相依爲命的；所以他的藝術論，視音樂，詩學，畫學，戲劇術，雕刻術等等都是偏裨之藝術；集諸藝術之大成的是歌劇；因爲他能兼採戲劇家的表情，詩人的語言，與音樂家的情緒，以表現人生的感情與思想的。然惟恃着瓦氏的果毅與熱誠，幻想與真摯，纔能夠造成這種自闢蹊徑的歌劇家與編曲家。德國的浪漫派與歌劇場至於他已達到絕頂了。他不特

Wesendonk)戀愛的歷史。（２）「努因堡之善歌者」（Die Meistersinger von Nürnberg 1868），是描寫德國民衆生活的三幕歌劇。（３）「泥柏隆根的戒指」（Der Ring des Nibelungen 1876）是一本很長的分作數次演的舞臺上慶祝歌劇：前晚演的是一幕劇，引叫做「來因之金」（Das Rheingold），是咒罵不義致富的人；第一日演的是三幕劇「瓦爾屈勒」（Die Walküre），是寫凡罪惡裏面都帶有喪失人格的要素；第二日是演三幕劇「栖格夫里」（Siegfried），是寫青年因愛情而戰勝野人；第三日是演三幕劇「諸神末路」（Die Götterdämmerung），是寫人類因犧牲一切的愛情而得超脫，他方面是敍諸神因積惡而歸於滅亡。（４）是「帕息法爾」（Parsifal 1882）是一本三幕的舞臺上祭神之劇，是敍帕息法爾以基督教戰勝懷疑與罪惡之後，怡然得了實際的超脫。（５）「飛行的荷蘭人」（Der fliegende Holländer 1843），是寫一個侮神的荷蘭人受罰流落於海上，後以妻之堅貞得團圓。

瓦氏的散文作品頗多，而最著名的是（１）「音樂界裏猶太人」（Das Judentum in der Musik 1850），「歌劇與戲劇」（Oper und Drama 1869）二本；他的文藝批評與思想大都表現在那裏。

（１）瓦氏之外就推該伯爾(Emanuel Geibel 1815–1884)。他猶如這衰微的古典浪漫學派的作家一樣，並不是獨出心裁的創作家，但他卻在他的敘事的抒情詩「替柏立烏斯之死」(Der Tod des Tiberus)和他的譯品：「古典派的詩集」(Klassische Liederbuch 1875)立了一隻很大的紀念碑。他的抒情詩中以「五月來了」(Der Mai ist gekommen)爲最佳。

（２）海最(Paul Heyse 1830–1914)。在閔行派作家中最爲傑出的，應推海氏。他雖然兼通詩劇小說，而他的不朽卻在他的藝術短篇小說；其中最著的是「拉剌比亞塔」(L'arrabiata 1855)；其次就是「韻文的短篇小說」(Novellen in Versen 1854)，「安德累雅得爾芬」(Andrea Delfin 1859)；及「失落的兒子」(Der Verlorene Sohn)諸篇。他的戲劇中，值得人欣羨的是：(１)民衆劇「罕斯蘭革」(Hans Lange 1866)與(２)歷史劇「科爾柏喜」(Colberg 1868)。他的長篇小說中最爲傑出的是「女修道士的歷刼記」(Der Roman der Stiftsdame 1877)。

此外尚有翻譯「西班牙戲劇」(Span. Theater)著名的沙克(Friedrich Graf von Schack 1815–1894)，以「沙菲之歌集」(Lieder des Mirza Schaffy 1854)被人愛戴的波登斯忒(Friedrich Bodenstedt 1819–1892)，以滑稽作品：「慈善的赫勒內」(Die fromme Helene 1872)與「克諾普

爾曼伊芬革」(Hermann Ifinger 1892)，「東島」(Die Osterinsel 1895)，「洛騰堡人」(Die Rothenburger 1895) 顯他的本領的尉爾布藍特(Adolf Wilbrandt 1837–1911)都是頗有名聲的會員。而在精神上聲氣相通的還有：

尉爾登布魯胡(Ernst von Wildenbruch 1845–1909)。他是這派中最偉大的戲劇家。他的戲劇雖缺乏結構，性格描寫與格式，但一種在舞臺上會引起的熱情，令人生敬的愛國觀念與時常眩惑觀者的結束，卻能夠補他的不足。他的戲劇中最著名的是：「喀羅麟氏」(Die Karolinger 1881)，「再洗禮者」(Der Mennonit 1882)，「馬羅甫」(Christoph Marlow 1884)，「新誡律」(Das neue Gebot 1886)，「魁磋甫氏」(Die Quitzows 1888)，「亨利與亨利之族人」(Heinrich und Heinrichs Geschlecht 1896)。他的敍事中最出名的是兒童故事：「兒童淚」(Kindertränen 1884)，「高尚的血」(Das edele Blut 1893)與「喀羅狄亞的花園」(Claudias Garten 1896)。其次就推麥立克 (Eduard Mörike 1804–1875)。我們在他的作品與他的生活中可窺見他的純潔而深摯的情緒，與沉醉於自然環境的特性。他並不作深思，不起烈情，不具強毅力，只作神祕的夢想，抱虔敬的誠心；所以他的抒情詩，尤其他的詠自然界的作品多是不朽的。我們讀他的「日出前之冬晨」(An einem Winter-morgen vor Sonnenaufgang)，他的「夜中兩人合唱」(Gesang zu zweien in der Nacht)，「春天裏」(Im Frühling)，「原來是他」(Er ist's)，無不令人出之神往。至於他的兩本短篇小說「斯圖加特的小胡策爾曼」(Das Stuttgarter Hutzelmännlein 1853)與「到普剌格去的摩紮特」(Mozart auf der Reise nach Prag 1855)，也是不可多得的。還有一篇長篇小說，「畫家諾爾騰」(Maler Nolten)也極饒趣味。還有一個就是著敍事詩「十三株菩提樹」(Dreizehnlinden 1878)一書，名震全歐的(Friedrich Weber 1813-1894)。他的創作中還有「哥利亞特」(Goliath oder Das vierte Gebot 1892)也很有名。

格賴夫(Martin Greif 1839-1917)以「詩集」(Gedichte)鳴當時。又其次就是悉斐爾(Joseph Viktor von Scheffel 1826-1886)。他的醉歌集：「娛樂」(Gaudeamus)中的：「老海得爾山」(Alt-Heidelberg)，「快哉，清風爽人」(Wohlauf die Luft geht frisch und rein)，「黑的鯨魚腹肉」(Im schwarzen Walfisch)，等，尤其是極有價值的作品。還有他的歷史小說「厄克哈德」(Eckehard 1857)也頗有名。

（二）老寫實派前輩作家

在浪漫派復興之前，已有一派文學家——寫實派——與政治的詩人抗衡着；一八四〇年出現的

「猶太」(Jndith)是開這派的新紀元，但是他們的盛時卻在一八五〇年以後。

這派的作家固然很受浪漫派的影響，但是唯物論哲學的勃興，自然科學的進步，物質文明的表現，新聞與交通的發達，中等階級的擡頭，勞資階級的裂痕，社會問題的發生，這些一切已不能使新進的作家，還以黑智爾的玄學，桎梏思想的宗教，代表中古與騎士階級的文學，沉於幻想背於人生的描寫為滿意了。加以外國寫實派的文學如迭更斯(Dickens)，屠格涅夫(Turgenieff)諸人的作品，已如狂風怒濤瀰漫德國了。於是德國文壇上不期然而起了變動，以開最近代德國文學的生面。

在追求永久的文學價值上，在反對宗教的立脚點上，在冷靜的態度上，這派固然與新浪漫派相一致。但是他們有他們的主張，他們不是主張唯美，乃是主張求眞；所以對於辭句的洗刷，結構的推敲，不若對於性格的刻劃，心理的分析之注意；對於貴族的生活，古代的傳記，不若對於平民——尤其第三階級的狀況，社會——尤其婦女的問題之歡迎。不過這時代的作家大都是典雅委婉的，所以對於歌德一流的作品與造詣，尚表同情，甚至景仰，所以這「老」寫實派前輩作家在寫實派中是最溫和的。從此以往，經濟界愈趨於資本主義的，文學界便也愈趨於寫實的。

因此這派的口語是：個人自由與現實表現。他們的範圍只有白話戲劇與散文紀事；其間雖有很好的抒情詩歌，究不多覩。他們的活動是個人的，不是團體的；然而根據地泰半在富有革命性的北德；尤其柏林各地與新浪漫派的南德適相輝映。其中最著名的是：

（1）赫伯爾（Friedrich Hebbel 1813-1863）爲一很窮的泥水匠之子，生於狄特馬申（Dithmarschen）之衞塞爾部棱（Wesselburen）村。幼時很苦，初在故鄉當書記，後在漢堡及閔行各地讀書，又得丹麥王基利斯當八世之旅行補助金，往巴黎、意大利，最後在維也納與女優恩格豪斯（Christine Enghaus）結婚，乃得自由與安靜以從事創作。一八六三年竟死於該處。

赫氏在肉體及精神上完全是一個眞正的低地薩克森人。他的閃亮而柔韌的眼光時時露出他的性格，就是一個含有深刻的理智，不撓的意志與深摯的熱腸數長的性格。

赫氏是一個徹頭徹尾的戲劇家，是德國寫實派中最偉大的悲劇家，他能把他的深思的辨識力，澈底的觀察力和熾烈的激情及創造的想像力冶爲一爐；所以他極力反對席勒爾和格利帕齊的理想主義。

赫氏的特長是以歷史的背景描寫規模宏大的心理悲劇。他往往把他的劇中主人翁獨特的心理糾紛進而作爲表現某特定時代的情景。他的作品具有偉大的魔力，能使觀者驚心動魄地注視劇中人物以鐵石般硬的意志力互相搏擊，互相磨滅。並且各劇裏面藝術的結構，整齊的體裁，尤其老到；不過其中「自語」太多「碎句」索解難免缺憾而已。他的名劇共八種；其中最佳的是（1）「泥柏隆恩」(Die Nibelungen 1861)，是一本的德國悲劇中分三段爲：「硬殼化的栖格夫里」(Der gehörnte Siegfried)，「栖格夫里之死」(Siegfrieds Tod) 與「克麟黑爾德復仇」(Kriemhilds Rache)。這本劇爲赫氏描寫婦女心理最爲深切的作品。（2）是「馬利亞・馬格德雷那」(Maria Magdelena 1843)，是第一本偉大的平民悲劇，作者的意思就在表明：就是極其狹小的範圍裏面也有悲劇發生的可能性。（3）是「猶太」(Judith 1840)，是寫亞西利亞 (Assyria) 人得勢時候，猶太人的民衆生活，這是開德國寫實派新紀元的名著。（4）是「阿格湼斯・本瑙厄」(Agnes Berauer 1851)，是描寫個人的幸福與社會的要求相衝突的情形，而立意卻是說：「個人無論如何必須屈服於社會」。（5）「基革斯與他的戒指」(Gyges und sein Ring 1854)，是描寫婦女被辱的悲劇，是表示：「道德的觀念實拘束而且左右一切。」其次還有（6）「給諾未發」(Genoveva 1841)，是一本五幕的故事悲劇，可與「泥柏隆恩」相比。（7）「赫洛得斯與馬利安湼」(Herodes und Mariamne 1850)，在這裏赫氏卻是先易卜生 (Ibsen) 出來代女子說話，而且主張女子自主；所以有女子是人非物之見解。（8）「得麥特立烏斯」(Demetrius 1863) 是一本未完的五幕歷史悲劇，是寫有志男子之騰達與失敗。

赫氏在詩歌上的貢獻也不亞於在戲劇上。他的敘事詩「母與子」(Mutter und Kind 1857)最爲著名，描寫母愛戰勝一切，故有「母愛讚美歌」(Das Hohelied der Mutterliebe)之目。至於他的多篇敘事的抒情詩如：「井畔兒童」(Das Kind am Brunnen)，「草場童子」(Der Heideknabe)，「愛之魔術」(Lieberzauber)，「兒時故事」(Aus der Kindheit)，「一個狄特馬騰的農夫」(Ein Dithmartischer Bauer)等等都是極完善的傑作。他的抒情詩係自少時愛慕三女子而發，中間時時都有，但都是隨一時興致而作，所以篇篇都由他的心靈中流露而出。最爲世人傳誦的是「夏景」(Sommerbild)，「秋景」(Herbstbild)「童時星期日」(Bubensonntag)「旅中生日」(Ein Geburtstag auf der Reise)，「古屋」(Das alte Haus)，「祈禱」(Gebet)等等。

赫氏的散文作品也不示弱。在他的自傳中有「我的童時」(Meine Kindheit)，「日記」(Tagesbücher 1885–86)，「尺牘」(Briefwechsel)等作，尤以「日記」爲最精警，有「思想寶窖」(eine Schatzkammer der Gedanken)之目。在論說中有關於人生與文藝之批評論文，議論中肯，詞鋒犀利。

（2）赫氏之外就推路易(Otto Ludwig 1813–1865)，生於條麟吉亞，先爲音樂家，後爲詩人。後多住於德勒斯登，晚年多窘境而嗜讀沙氏文集，死於德勒斯登。

路氏是寫實派中一個很有名的戲劇家與小說家。他的戲劇自稱甚佳，究爲不稱。他描寫人物與背景固然很好，但是劇情欠缺一致，就是悲劇的結局也不含內在的必然性。反之他認爲副產物的小說卻是描寫他本地裏瑣細事件的傑作。他的語句比赫伯爾的柔婉些，但深沉處也不亞前者。總之他之長於小處局部處，猶如赫氏之長於大處全體處。

路氏的不朽寄在兩本悲劇與兩本小說；屬於前者是（1）「世襲林師」(Der Erbförster 1850)，是一本五幕散文的平民悲劇，是描寫偏執生出不合理的事件。(2)是「馬卡巴人」(Die Makkabäer 1855)，是一本用無韻五腳的抑揚格寫的五幕的聖經悲劇，是描寫猶太人信仰心與愛國心。這二劇中前者是病在歸結太出於偶然，後者卻病在劇情太龐雜不一致。至於小說則（1）「在乎天地之間」(Zwischen Himmel und Erde 1854)是一本描寫故鄉最爲著名的平民小說，內中描寫一個太忠厚的人竟受了他的特別的災禍。(2)其次就是「海武勒泰與她的反照自雨中流到承霤上」(Die Heiteretei und ihr Wiederspiel: Aus dem Regen in die Traufe 1856)。正文是寫一個頑強的女子終以愛情故而矯正他的舊癖；附篇卻寫一個柔順的女子也得相當的幸福。

（1）路透 (Fritz Reuter 1810–1874) 生於斯塔汾哈根，(Stavenhagen)，讀書於洛斯托克

(Rostock)及耶那各大學中以寃枉拘囚七年，復又流蕩數年。娶路易塞(Luisi)，始專心著作，於是名譽鵲起，收入頓增，乃往來因條麟吉亞君士坦丁堡各地旅行，後以中風去世。

路氏是德國最偉大的滑稽敍事專家，尤其是德國描寫故鄉最妙的能手。他是最完善的寫實派作家。他的作品的材料，不是他自己經歷的，便是他親見的；一切地點不外他的故鄉左右，一切人物不外他的親朋認識。凡經他眞確而尋常觀察過了的，他都活躍躍地熱騰騰地表述出來；所以他描寫人的性格絕對眞切，鋪敍自然境界非常鮮艷。他的詩意尤爲動人，他的信念又極其摯厚，藉他的眞切的情感與他的儒雅的詼諧，能夠勾動一切讀者的心弦；而追述到他生平的逆境卻怡然泰然，毫不滲入意氣的作用。他喜用他的方言，麥星語言；但所用辭句能隨情節而變化，所用格式又極舒容不迫，切合詼諧的情緒。

路氏的傑作中最佳的首推通俗笑林集「逸事與雋話」(Läuschen un Rimels 1853–1858)。其次就是兩部敍事詩：（1）「不是故土」(Kein Häusung 1857)是描寫一個北德農奴的悲局，全篇共計十三章；（2）「翰湼女特和小狗」(Hanne Nüte un de lütte Pudel 1860)，是描寫一個北德的小手工的滑稽故事。而最爲傳誦的是他的故事集「香謝了的甘菊」(Olle Kamellen 1859–1863)中三篇記事：「法蘭西人得勢的時候的軼事」(Ut de Franzosentid 1859)，「我拘囚時的軼事」(Ut mine Festungstid 1862)，「我歸農時的軼事」(Ut mine Stromtid 1863)。這三篇尤爲歐洲各國所迻譯，路氏的名聲遂廣傳及於世界。次於路透的就是：

（2）斯圖謨(Theodor Storm 1817-88)。他生於狄特馬申(Dithmarchen)之胡孫(Husum)，讀書於岐爾(Kiel)之朱辣，遂和蒙森兄弟(Theodor und Tycho Momsen)共著「三友詩集」(Liederbuch dreier Freunde)。後在胡孫任律師，後服務於普魯士之波次丹(Potsdam)，後又回到胡孫，一八八〇年後移居哈得馬申(Hademarschen)。

斯氏固然是很佳的寫實派作家，然而也可說是幻想的浪漫詩人。他的抒情詩平淡而眞摯，刻切而圓潤。他的自成一家的短篇小說卻就是脫化自詩中；所以詩意濃厚，而又切合人生的眞跡。他幾乎不寫事實；而專任詩中的人物自行表示他的念慮，感觸，行動，而且善把特性與通性相提並論。他的浪漫的魔術共有二點：第一，他往往把他的短篇小說中極其寫實派的情節浸在回憶的清輝之中，使小說中主人翁自行訴說出來。第二，他具有特殊的才能，能使他不說出來的比說出來的起更強的效力。他的非常輕捷的筆只淡淡一點，能使讀者由字裏行間讀得出來而自尋其餘味。他又是個很難得的格式專家，簡潔處令人心爽，明瞭處令人意會，而綺麗處又若畫圖。用極平常的辭句卻寫出極非常的事件。就是他的散文也經他細加推敲而後下筆的，所以也不亞於他的韻文。

斯氏的抒情詩中最膾炙人口的是「風裏響着一首搖籃歌」(Klingt im Wind ein Wiegenlied)，「合着我的雙眼睛」(Schliesse mir die Augen beide)，「要如何便如何」(So komme, was da kommen mag)「遠別」(Abschied)，「秋」(Der Herbst)「在海之濱」(Am Meeresstrand)等首。

他的短篇小說在四十年中（一八四九——一八八八）共有五十篇，篇篇精警，不分高下；但大別之可得三類：（1）寫偕老不成而斷放棄的愛情如：「意門湖」(Immensee 1850)，「聖郁根院內」(In St. Jürgen 1867)等。（2）寫相思得了惡結果的愛情如：「溺死者安庫易斯」(Aquis sub mersus 1860)，「灰色馬騎士」(Der Schimmelreiter)等等；（3）寫幸福的愛情如：「泥人戲者保羅」(Pole Poppenspäler 1877)等是。

（3）開勒(Gottfried Keller 1819–1890)。刻涅是獨行其是的小說家。他的才具在能持理智與感情於均衡，冶事實與創作於一爐，納莊論與諧嘲於同歸。所敍不外他的故土瑞士的風景；所談不過村莊的掌故；而描寫瑞士婦女之晶瑩綺麗，佻達歡樂，尤爲謔而不亂，雅而不俗。他所用的辭句雖敢出以土腔，究竟剴切明瞭而純潔；所寫情景尤爲駁雜離奇，窮極變化。論他的結構，則他的長篇小說微嫌散漫，而他的短篇小說卻極穩妥而整齊。

他的短篇小說集中最爲傑出的是「塞爾特威拉之人」(Leute von Seldwyla)（前部一八五五；後部一八七四）其中以「鄉中之洛美奧與朱理亞」(Romeo und Julia auf dem Dorfe)，「三個正直的梳匠」(Die drei gerechten Kammmacher)，「衣服定人品」(Kleider machen Leute)，「怒者判克剌次」(Pankraz der Schmoller)，「他的幸福的鑄造者」(Der Schmied seines Glücks)爲最佳妙。其次就是他的「沮利克的短篇小說集」(Die Züricher Novellen)；其中以「哈特勞布」(Hadlaub)，「七君子隊」(Das Fähnlein der sieben Aufrechten)，「烏耳蘇拉」(Ursula)，「格賴芬湖長官」(Der Landvogt von Greifensee)爲最精采。其次就是長篇小說「綠衣的亨利」(Der grüne Heinrich 1854)，不啻就是作者的自傳，也就是一本時代的名著。

（4）夫賴塔格(Gustav Freytag 1816–1895)。在文壇上凡天才的效力與名聲往往至於後世而始發揚光大。至於幹才卻往往爲當時人所敬重景仰，或且過於重視。赫伯爾與夫賴塔格就是一個顯例。夫氏完全是中等階級的詩人，固然在生時比赫氏爲偉大爲顯名，究不過一幹練的作家而已。

夫氏的戲劇專注於適合舞臺上的技術布局太形偏窄；情節太形疎淡，就是在時代的襯托性格的表現上也差赫路諸人一籌。他的喜劇「新聞記者」(Die Journalisten 1852)，有人稱爲十九世紀的第一作品，究爲過獎之詞，非篤論；惟牠與他的二劇「發拉丁」(Die Valatine 1846) 與「瓦爾得馬伯爵」(Graf Waldemar 1847) 均爲收效甚恆之作品，卻是實錄。

但是夫氏的小說在文藝的地位上卻來得很高。他固然不是天才的敍描專家，他的小說固然也未見整飭警策；但是他的價值卻在於完全的寫實與瑣細的形容，以及他的以自由論者的中等階級爲立體，以對時代的描寫。他的「人欠欠人」(Soll und Haben 1855) 是他最成功的，可以完全代表一八五〇至一八七〇間中等階級狀況的作品。其次就是「失落了的手書」(Die verlorene Handschrift 1864)，然而在文藝價值上已遠遜前者了。

他的文藝批評的作品如「過去德國的情景」(Bilder aus der deutschen Vergangenheit 1859-1867) 與「戲劇的技術」(Technik des Dramas 1863) 也都是很有價值的。

此外就推這派先鋒斯梯夫忒 (Adalbert Stifter)。他的作品很沉靜明瞭，溫柔斑彩，長於敍述，尤精於細事小節的追述；他是第一流的自然繪手，然而所繪的只是美處佳處，卻不道及醜處劣處；有許多人尤其歡喜他的森林與花草的描寫。所以他最佳的作品是「研究集」(Studien 1844-1850)，其中尤佳的是「野村」(Das Heidedorf 1840)，「深林」(Der Hochwald 1841) 等篇；其次敍述中以「林中行人」(Der Waldgänger 1847)爲最佳。還有「花石」(Bunte 1853) 也極有名。

還有一個這派的先鋒是與厄巴哈(Berthold Auerbach 1812–1882)，他是村落敍述的創始者。他中間雖也曾從事時事小說如「在頂點上」(Auf der Höhe 1865) 等，然而他的成功作品反在少年時代的「黑林鄉村故事」(Schwärzwälder Dorfgeschichten 1843)；其中最著名的是「女教授」(Frau Professorin)，「粗鄙之人」(Der Tolpatsch)，「受罰者」(Sträflinge) 等篇。其次就是「新的鄉村故事」(Neue Dorfgeschichten)，其中最佳的「跣足者」(Der Barfüssele)，「雪中約瑟」(Joseph im Schnee) 等篇。他的晚年的作品卻不甚佳。

至於做合後的是格洛特(Klaus Groth 1819–1899)，他是用低地德意志語寫的著名抒情詩人。最著名的作品是他的詩集「人生之源」(Quickborn 1852–1870) 與他的兒童故事「服耳得革勒」(Voer de Goern 1858)；其次就是兩本長篇敍事詩「木壺」(Heister krog 1860)與「鞣皮匠與其女」(Rotgetermeister un sin Dochter 1865)。

還有以「羅馬之爭」(Der Kampf von Rom 1877)著名的菲力克斯達安(Felix Dahn)，以歷

史小說「席勒爾鄉居數年記」(Schiller Heimatjahre 1845)與「太陽主人」(Der Sonnenwirt 1854)稱長的庫耳次(Hermann Kurz 1813-1873)以長篇小說「厄非布里斯特」(Effi Briest 1895)與「芒剌」(Der Stechlin 1899)著名的豐塔涅(Theodor Fontane 1819-1898),都是從這時代到下時代的中間者。

第九節　寫實派後期時代之德意志文學(1865-1880)

在這時期內老寫實派前期作家還在繼續他們的作品;但是時代變遷了,又有一番作家起來代替了。這時代可說是俾斯麥(Bismarck)當國的時代,是德國人民在政治上得了統一的宿望,在經濟上得了自由的實益的時代。

一八六六年對奧的戰爭,一八七〇——七一年對法的戰爭,一八七一年威廉一世即全德帝位的盛典,一件件賞心樂意的快事接踵而來,使德人由喜悅而生滿足,由滿足而生驕矜,而生離異;於是從前維繫全德人心的統一希望與愛國思想至是反漸呈蕭索;加之鐵血的手腕,官僚的政治,尊王的思想,遂造成服從奉公,安分守己,不與政事的人民。自是之後德國雖號稱日強,而內容上卻日形渙散了。

在經濟上德國因爲國際地位的擡高法國賠款的輸入以前資本逐漸的充實於是從農業國化而爲工業國，從國民經濟的關係而入於世界經濟的關係國民的生計擡高了，同時國民投機熱與經營率也增高了；海外的投資，與國際的航業勃興了，同時海陸軍的勢力也擴大了。結果德國的強大只惹人的畏懼與嫉妬，而逐漸種起國際的緊張的禍根。

在社會上從前奉行的自由主義，固然促進國內產業之發達，同時卻也引起劇烈的生存競爭，造成勞資間一條不可掩蓋的大罅隙。國富之加增與平民的窮困之擴大，適成正比例。於是社會主義應運而生，而拉薩爾（Lassalle）的工會組織遂也成熟了。

同時在思想界上也發生極大的變動（1）是叔本華的悲觀論（Pessimismus）侵入於上流社會，而馬克斯的唯物論卻漸布於下等社會裏。而最入於人心的是（2）達爾文的進化論；他的生存競爭說，優者遺存說，性質遺傳說與物種隔離說，在自由主義，資本主義，個人主義的社會，適如水銀瀉地，無孔不入，遂助長國際間軍備擴充與戰意緊張，預爲世界大戰種種子。同時法國第二次帝制時代的富有批評性與教育性的文學，如小仲馬（Dumas Sohn），與計亞（Augier），斐耶（Feuillet），多德（Doudet），薩都（Surdou）諸人的作品，卻流入德國，使文學界裏日趨於平淡的寫實。

因此這時代的作風雖與前時代的難分彼此，但是社會主義的思想，寫實的色彩，悲觀性的成分，遺傳問題研究，文章格式的漠視，愛國心的冷淡，這些一切實是他與前人立異的立脚點。在這時代的代表裏找不到傑出的天才，所以比之前代反爲遜色。

（1）頭一個是戲劇家安府格魯柏 (Ludwig Anzengrüber 1839–1889)。他是德國民衆戲劇與民衆小說的創始者，是描寫維也納小平民和南德農民的風俗的名手。他富於有益的樂天性，強烈的道德心與精警的人物描寫力。所作戲劇的結構究有未妥，但論劇情卻極警策，往往前後不過距離二十四小時。

安氏共著有二十二種戲劇：十一種爲市民劇，十一種爲農民劇。市民劇是描寫一八七〇——一八八五年間維也納狀況的佳作；其中最佳的是四幕劇「第四誡」(Das vierte Gebot 1876)，是寫維也納某小家庭的兒女因失教以致墮落而且召禍。農民劇是描寫鄉村情景活躍眞切，不可多得的時代劇。其中最佳的是悲劇「假誓的農夫」(Der Meineidbauer 1871)，是描寫一個農人藉僞善以欺寡婦孤兒，終遭天譴。此外戲劇如「喀耳喜斐爾德的牧師」(Der Pfarrer von Kirchfeld 1870)，「空庭」(Der ledige Hof 1877)，「名譽之玷」(Der Fleck auf der Ehre 1889)，喜劇如「書十者」(Die Kreuzschreiber)，「良心之蟲」(Der G'wissenswurm 1874)，「雙自殺」(Der Doppelselbstmord)亦皆精采。此外還有兩本極有名的鄉村小說「恥之玷」(Der Schandfleck 1876)，描寫一個私生的村女怎樣成爲全家族的榮譽之玷。「隕石院」(Der Sternsteinhof 1884)描寫一個極貧而美的女藉着她的堅定意志，終達到她的目的，而爲全村所敬重。

（2）邁爾(Konrad Ferdinand Meyer 1825-1898)邁氏的特長在於研究精確，追敍完整，表情深刻，描寫當時的景象與人物又極其細緻。他的作品的材料多採自文藝復興與宗教改革的時代，這是由於他視現代的事實太濫太汎，不足以引起民衆的欣賞；然而作品中的人物與環境卻都是他由親身閱歷的現代出發；所以他畢竟是近代的寫實作家。他的短篇小說微嫌奧晦，不適普通平民的欣賞；但是愈富有學識與經驗的讀者卻對此彌增他的趣味與激賞。他的詩歌也頗艱深生澀，但是思想豐富，議論暢達，不失獨具一格的作品。

他的傑作當然是七篇短篇小說：「護身符」(Das Amulett)，「從演壇飛來的槍彈」(Der Schuss von der Kanzel)，「女修道院中的保羅圖斯」(Plutus im Nonnenkloster)「阿多夫的義父」(Gustav Adolfs Page)，「和尚結婚」(Die Hochzeit des Mönchs)，「某童子之苦況」(Die Leiden eines Knaben)，「女法官」(Die Richterin)。其次就是他的四本長篇小說：(1)「耶那次」(Jürg

Jenatsch 1874)，(2)「柏斯卡剌的誘感」(Die Versuchuug des Pescara 1887)，(3)「波吉亞」(Angela Borgia 1891)，(4)「聖人」(Der Heilige 1880)而最後者尤爲邁氏的傑作。還有敍事詩「胡騰之最後數日」(Huttens letzte Tage 1871)與他的雜詩「天門邊」(Am Himmelstor)，「兩句話」(Mit zwei Worten)等都是有名的作品。

(3)厄布涅(Marie Freifrau von Ebner-Eschenbach 1830-1916)是德國最偉大的女小說家，猶之德洛斯武(Droste)是德國最偉大的女詩人。她的作品好似一道美而靜的潮水沿着日光曬的兩岸流着。她是最純潔的一個好女，極其貞靜而又心細；一方面洞悉人的優劣，一方面又樂於行善。她的作品都含有教訓的深意，態度從容，而效力宏大。所敍的不出現代奧地利亞貴族和平民的生活。她的觀察法與敍事法都極切實而生動；她的文字不失稱爲美麗無瑕的德語。

她共有十集的小說；最爲世人稱道的是：(1)宮庭小說「不可道」(Unsühnbar 1890)和(2)鄉村小說「村兒」(Das Gemeindekind 1887)；其次就推「村莊和宮庭故事」(Dorf- und Schlossgeschichte 1883-1889)。還有自傳「我的兒時」(Meine Kinderjahre 1909)，尤其他的格言「格言集」(Aphorismen 1880)也是不示弱的作品。

（4）**洛塞革**(Peter Rosegger 1843–1918)洛氏的作品所以深合德人的歡心，就是在他善描人的心理。他固然是很好的方言詩人，卻還是有名的小說家；他是專寫阿爾卑斯山脈的村莊中一切離合悲歡的故事的小說家。他的作品帶有教育的色彩；因為他一方舉摘現代文明葬送農民的生活，一方面卻教人安守着本分，以順應潮流。

他的最佳的作品是鄉村小說；其中分為二組，甲組是描寫他的閱歷，如：「森林故鄉」(Waldheimat 1873)「迦伯烈」(Heidepeters Gabriel 1880)，「我的天國」(Mein Himmelsreich) 等；乙組是寫因近代文明而衰落的農民，如：「森林學校校長的字據」 (Schriften des Waldschulmeisters)，「探神者」(Der Gottsucher 1883)，「雅谷最後之人」 (Jacob der letzte 1888)，「永久之光」(Das Ewige Licht 1897) 等。其次就是鄉村短篇小說集，其名最佳的是「阿爾卑斯人」(Die Alpler)，「鄉村罪惡」(Dorfsünden) 及他的兩首長詩「戚忒琴與刀砧」 (Zither und Hackbrett 1869) 與「松脂與松針」(Tannenharz und Fichtennadeln 1880)。

（5）此外就推這時代的先鋒史悲爾哈根(Friedrich Spielhagen 1829–1911)。在傾向的色彩之下而成功的首推着他，他是代表一八四八年平民革命黨與普魯士進步黨所抱議會政治與攻擊教會的思想，但是他的作風有似報紙社論，所以帶有時間性與膚淺性，不能使他的作風成爲永久的偉大的。在他的作品中以長篇小說爲較切實而生動，其中最佳的是「成爲問題的人物」(Problematische Naturen 1860)。這是他早年時代的作品，內含許多當時（一八五〇至一八六〇）的社會事件，雖然還有多少的缺點，但是色澤之鮮艷，人物之逼眞，辭句之熱烈，直爲這時代文學界開一條新途徑。中年從事政治的文學之創作，其作品除「從軍去」(In Reih und Glied 1867)外，究不足稱。晚年復肆力文藝作品，尤多作短篇小說，其中以「風潮」(Sturmflut 1877)，「鄉中艷女」(Die Dorfkokette 1872)二篇爲最。至於他的文藝批評，究亦非甚佳者。

（6）此外與洛塞革齊名的是刺柏(Wilhelm Raabe 1831-1900)他是深受保羅(Jean Paul)的影響的小說家；在他的作品的結構，他的幻想，他的譏諷，他的滑稽上看來，他不啻是個浪漫派作家；但他的忠實的人物描寫，卻斷定他是寫實派作家。他的長短篇小說不下五十種，而達到頂點的共有五本；(1)「森林中之人」(Die Leute aus dem Walde 1863)，(2)「饑牧師」(Der Hungerpastor 1864)，（3）「小巷的年代記」(Die Chronik der Sperlingsgasse 1857)，（4）「和剌刻」Horacker 1870)（5）「阿部忒爾蕃」(Abu Telfan 1867)。

此外後起中有（1）女小說家弗朗沙(Luise von François 1817-1893)，是以「最後之勒裴傑婦人」(Die letzte Reckenburgerin 1877)與「一個成功者之經歷」(Stuffenjahre eines Glucklichen 1877)著名。(2)歷史小說家厄柏斯(Georg Ebers 1837-1898)，以「埃及公主」(Die ägyptische Königstochter 1864)聞名（3）敍述名家罕斯雅谷(Heinrich Hansjakob 1837-1916)，他的傑作有「兒時軼事」(Aus meiner Jugendzeit 1880)及讀書時軼事(Aus meiner Studienzeit 1882)及鄉村短篇小說集：「野櫻桃」(Wilde Kirschen 1888)，「枯葉」(Dürre Blätter 1889)與「哈斯勒之石人」(Der steinerne Mann von Hasle 1898)三種。（4）小說家賽得爾 (Heinrich Seidel 1842-1906)，他的傑作有「自柏林到柏林」(von Perlin-nach Berlin)，「勒布勒喜特小鷄」(Lebrecht Hühnchen 1882)及他的詩集「鐘之戲」(Glockenspiel)等篇。（5）短篇小說家夫蘭礎斯 (Emil Franzos 1848-1903)，他的作品中最成功的是敍述「半亞細亞軼事」(Aus Halbasien 1867)，其次就是「巴諾的猶太人」(Die Juden von Barnow)，「公理之爭」(Ein Kampf um Recht)與「波雅士」(Der Pojaz 1906)三種，而以後者為最聞名。這些人的作品大多已與自然派相接近了。

第十節　自然派(Naturalismus)極盛的時代之德意志文學(一八八〇至一八九〇年)

這時代是俾斯麥當國的後期同時也就是德國勢力與榮譽達到極點的時代。歐洲——乃至全世界的外交中心差不多集中在俾斯麥個人身上。全德意志的人民醉心於謳歌昇平，努力於積極工作，其意若曰：德國之武備國民心與經濟力，直可團結全國於千秋萬世。殊不知武備之充實與經濟力之膨脹誠然有之，而所謂國民心之表現，不過在警察國之下養成機械的催眠的盲目的官僚政治而已。因此武備之充實徒增國民之擔負而長當局者之驕焰，經濟力之膨脹亦徒助長國際間之衝突，增益階級間之仇視而已。並且資本集中，生活提高，影響所及，亦使文人輩爲謀生計，多圖迎合社會的心理，而難得深造的作品。此所以文藝家等雖隨人口而遞增，而難能的作品反較前代而日稀。

而最大的影響及於思想界的，厥爲社會主義之勃興。固然馬克斯(Marx)與恩格爾(Engels)等社會思想早已萌芽於十九世紀四五十年間，然亦必待產業發達後大都市之勃興，工廠工人之激增，國民生活之日高，資本主義壓榨之暴露，然後乃能向榮怒發。其勢力之雄偉，可於社會民主黨之勃興占之。當一八六〇年時該黨方始擡頭至一九〇三年該黨在議會中已占第一位勢力，於此可見德國勞動界——第四階級——勢力之偉大。

加之當時自然科學派宇宙觀亦最爲得勢，自然科學的可驚的進步，直取哲學而代之。觀察，實驗，搜集，比較，推論，成爲求知，求眞，求實不二的法門。同時學者輩出，如亨和爾玆(Helmholz)於數理，杜霸(Dubois)於生理學方面，赫克爾(Haeckel)於動物學方面，奥斯瓦特(Ostwald)於物理學方面，皆極力闡明自然的神祕，推崇物質的勢力。

同時哲學方面有實驗派哲學家孔德倡積極主義(Positivismus)；斯賓塞(Spencer)的進化論(Evolutionismus)因了達爾文而大昌；馮德(Wundt)的實驗心理學更導青年出於踏定的玄想而入於實際的察驗之一途。於是宗教遂備受百般的詆毀與輕蔑，甚至得了「利己主義的霜天」(das Tauwetter des Egoismus)之綽號。

更加歐洲各地的自然派文學同時稱盛；左拉(Zola)易卜生(Ibsen)托爾斯泰(Tolstoi)斯特靈柏喜(Strindberg)諸大家的文學，如風掃秋葉，席捲全歐；然則站在歐洲中心點的德國文壇又安能免受其影響，於是德國的自然派遂也應運而起了。

自然派的文學有許多特點：（1）統任自然，絕不受格式的牽掛；（2）切據事實，毫不滲入幻想的文蔓；（3）尊重人生，極力否認彼世；（4）接近勞工階級，拚命揭穿資本主義的罪惡；（5）提倡男女平等，反對禮法與階級的束縛。所以自上述諸點言之，自然派實爲最社會的，最科學的，最激烈的文學。德國的自然派實啓於林道（Lindau）與蘇德曼（Sudermann），盛於利利恩克倫與霍卜特曼，而衰於哈特（Hart），叔拉夫（Schlaf）諸人。現在分說於下。

（1）林道（Paul Lindau 1839-1919）他是自然派文學的先驅，同時也是敘述的名家。他固然不是詩人，也不是特種性格的人；他固然沒有激烈的情緒，也沒有豐富的幻像；然而他自能生偉大的效力於民衆。他的戲劇在一八七二至一八八六年間大受舞臺的歡迎。他並且是當時德國文壇最出色，最受敬畏的批評家；連他的敘述小說也極合當時大都市的心理。

最初他從事批評，尤長於揭發人的與作品的弱點，如「文學的沒遮攔」（Literarische Rücksichtslosigkeiten 1871），「摩利耳」（Moliere 1872），「戲劇的報章」（Dramatische Blätter 1875），「拜勒的公平的信」（Nüchterne Briefe aus Bayruth 1876）等是。中間從事戲劇，處處表現他的理智與劇場上的知識，其中最收效果的是「馬立溫」（Marion 1872），「馬亞利與馬格達雷那」（Maria und

Magdalena 1872),「一種效果」(Ein Erfolg 1874),「利亞伯爵夫人」(Grafin Lea 1880),「兩勒諾耳」(Die beiden Lenoren 1888)。最後乃從事於敍述派小說。最使林氏不朽的是「向西去的列車」(Der Zug nach dem Westen 1886)。其次就是「可憐的姑娘」(Arme Mädchen 1887),「尖端」(Spitzen 1888)。林氏還是一個有名的法國文學迻譯家,仲馬(Dumas),奧基耳(Augier),薩多(Sardau),厄士加雷(Echegaray)的名作多由他迻譯。

(2)利利恩克倫(Detlev von Liliencron 1844-1909)生於岐爾(Kiel),後以軍官參與一八六六年與一八七〇年之戰,後在什列斯威好斯敦充任行政官,死於漢堡。

利氏固然是自然派詩人,但他很帶印象派的色彩。他的價值在於常以天眞的自然表現他的思維與他的感觸。他的語言極其流利鮮艷。他的詩歌與他的短篇小說對於當時很生重大的影響;惟是他拙於運用長的材料,所以他的長篇的作品都不大佳。

利氏的抒情詩集頗多;在各集中最佳的當推「荒地旅行者」(Der Heidegänger),「戰與戲」(Kampf und Spiel),「霧與日」(Nebel und Sonne)。在各篇中當推(1)詩歌:「冬夜」(In einer Winternacht),「誰曉在那裏」(Wer Weiss, wo)「穗上之死神」(Der Tod in Ähren),「荒地

景象」(Der Heidebilder)，「音樂來了」(Dic Musik Kommt)，「離開與回來」(Abschiod und RückKehr)；（2）敘事的抒情詩「罕斯之倔强」(Trutz Blanke Hans)，「彼得靈格」(Pidder Lüng)，「新市上之石十字架」(Das alte Steinkrcuz am neuen Markt)，「聾啞兒童」(Das taub-stumme Kind)，最爲膾炙人口的杰作。還有他的「戰爭的短篇」(1890)小說集，(Kriegsnovellen 1984)，和他的敘事時「坡格夫勒德」(Poggfred 1896)。

（3）蘇德曼(Hermann Sudermann 1857–)生於馬啓聖(Makicken)，年十五，家忽中落，遂不得不輟學習樂藝。後復乘機入中學校，而在刻尼堡(Königburg)及柏林任私家教習，而旁聽哲學文學歷史等科。後又盡力於報界困苦垂十年（一八七九至一八八九年），他的「憂愁夫人」，就是這時候的產品。到了他的「名譽」於一八八九年表演於柏林之後，他的名聲方才大著。自是之後，多有創作，然其成績轉不如前。此老至今健在。

蘇氏在德國文學界裏面，算是一個善學法國佐拉的文學家。他把社會的惡濁，形容到十二分；所取的材料都不外是家庭瑣事。他雖是當時一個享有盛名的戲劇家；但他的小說實際還佳些。他的小說的事實雖是平平淡淡，但精譬的結構，和綺麗的辭句，却喚起讀者的興奮與趣味；祇有描寫實況，太露鋒芒，所以對於不善讀他底作品的人，很生多大的惡影響；這種弊病在自然派作家中差不多個個都有；所以很受反對派和道德家的攻擊。但他的真美還是不泯；這是誰也承認的。

蘇氏的劇本共有二十餘種，都是用散文寫的；最佳的是（1）是四幕劇「名譽」（Ehre 1889），是寫無產者不自掩他的無耻，而官史却特意自掩棋魄（2）是五幕劇「梭道姆的結局」（Sodoms Ende 1890）是寫柏林某書家因過于自負他的才幹，遂至沉溺于酒色致死；（3）是獨幕劇「小夫立次」（Fritzchen 1897）是寫普魯士軍人之無行；（4）是四幕劇「石中之石」（Stein untet Steinen 1905）是寫一個辭退的受罰者之受苦；（5）是「故鄉」（Die Heimat 1893）是使他出名的作品。

蘇氏的小說最爲世人器重的是「憂愁夫人」（Frau Sorge 1887），内敘一個中落的土豪的兒子，獨自和灾禍，窮困相激戰，最後竟得了勝利。其次就是他的「猫橋」（Der Katzensteg 1888），此篇寫子蒸庶母的事實，情節固嫌猥褻，但是從嫌惡至于垂愛的心理變態最爲老到。其次如「黄昏裏」（Im Zwielicht 1887）與「當時」（Es war 1893）都是杰出的作品。

（4）霍卜特曼（Gerhart Hauptmann 1862-）是一個旅館主人的兒子，生于上監井（Obersalzbrun）先後在該地進了國門學校，在北勒斯勞（Breslau）進了實用中學校，復進了該地美術學校兩年，繼在耶那大學讀了一年的書。一八八四年在羅馬開了一所雕刻工場，因爲失敗，復回到德國。于是先後寄居在德勒斯登柏林各地，最後遷到士來柏豪（Schreiberbau）。一八九八年與前妻離婚，復與女優馬沙爾克（M Marschalk）結婚，常居于阿格涅騰村（Agnetendorf）之別墅。一九〇五年英國劍橋大學贈他名譽博士，德國各大學先後各贈他以許多學位，瑞典的文學的諾貝爾獎金他也得過了。

霍氏可算是德國現代最偉大的戲劇作家；他的聲名不但顯在德國內，就是全世界文壇莫不崇奉他的杰作「機織工」。他的精細和他的果毅能使他步步前進，著著鑽研，把藝術和人生的最深奧的問題闡明出來。起初固然有不少的人反對他，攻擊他，可是現在反對者都默然無聲了；他畢竟是時代的驕子。

霍氏的劇本是兼用散文韵文的；不過爲切實表現該時代的環境，所以喜用北德的方言。他的不可幾及的地方，就是能夠由極卑鄙極尋常極穢褻的事實中描出人生的至理來，又能根觸人生的心靈衝動，深識現代的社會狀况；他却主張用正當的安全的法子去扶助人類；所以他決不肯刻薄謾罵，像現代少年作家那樣；也不是狂熱奮激，像一般主義宣傳者那樣。反之，他祇平心靜氣地對人說教。他本是自然派作家，後來折入象徵派，現在重復回到自然界裏來。

霍氏的戲劇可分爲四大類；

第一類是自然派的戲劇，描寫下等社會的心理和實況。其中最佳的（1）是「機織工」（die Weber 1892），是代表現代自然派的社會劇，共五幕，是用西裏西亞的方言寫的；內容的根據就是一八四四年歐梭山（Erelangebirge）上的機織工罷工是的慘狀。劇中真正的主人翁就是「饑餓」；他迫人陷于可驚的悲痛和無智無意識的暴動。其次（2）是「日出以前」（Vor Sonnenaufgang 1889）共五幕，寫嗜酒敗家的情況。（3）「車夫亨塞爾」（Fuhrmann Henschel 1898）寫愚夫受騙于狡婦的事實，與（4）「洛塞本德」（Rose Bernd 1903） 寫女子因男子的誘惑以至殺子的事實。

第二類也是自然派的戲劇，寫中等社會的心理和實況。其中雖有（1）「平和節」（Das Friedensfest 1890），（2）「寂寞的人們」（Einsame Menschen 1891），（3）「同伴克蘭普吞」（College Crampton 1894），（4）「美赫阿爾小商人」（Michel Kramer 1900），（5）「希林之逃走」（Gabril Schillings Flucht 1912） 諸劇，但除却第三種堪引人發噱的之外，其餘都是遜色。

第三類是象徵派的戲劇；其中最堪嘆賞的「韓涅勒之升天」（Hannels Himmelsfahrt 1893），分作兩部，大半用散文，寫中間用韻文，描寫一個困苦流離的人自殺不成之後，老去于西裏西亞的村中貧民屋內。其次如：（2）「弗羅連的禿鷹」（Florian Geyer 1895），（3）「沉鐘」（Die versunkene

Glocke 1896)都是很著名的戲劇。又其次就是（４）「匹帕也來跳舞」(Und Pipa tanzt)，（５）「可憐的亨利」(Der arme Heinrich 1902)，(6)「查理皇帝的人質」(Kaiser Karl Geisel 1908)。還有戰爭的作品，（７）「格里塞達」(Griselda 1919)也很有名於劇界。

第四類是諷刺的戲劇；其中最佳的是「海狸之皮」(Der Biberpelz 1893)，共四劇，用散文寫的；是敍一段極可笑的盜案，暗裏極力譏諷普魯士法界的昏愚和高慢。其次是（２）「紅雞」(Der rote Hahn 1901)與（３）「狂飲與歡呼」(Schluck und Jau 1900)。又次就是戰前的（４）「尼爾加」(Elga 1905)，戰中的（５）「阿狄賽的弓」(Der Bogen des Odysseus 1914)與戰後的「冬日之敍事抒情詩」(Winterballade 1918)。

此外他在最近還出了兩本歷史劇，可以列於第四類；（１）是「白人的救世主」(Der weisse Heiland 1919)，（２）是「英第坡狄」(Indipohdi 1920)都是以新大陸初發現時候白人屠殺黑人的事實做根據。

霍氏的小說中最可取的有三；（１）是「使徒」(Der Apostel 1880)是他的最初的，也是他的最佳的短篇小說。其次是（２）「苦因特寺院裏的瘋人」(Der Nar .n Christo Emaneul Quint 1901)

與最近的（3）「索阿那之異教徒」(Ketzer von Soana 1918)，但在成績上卻猶如他的戲劇，都不及他的前期的作品。

在當時自然派中，除了上述之外，還有三人：第一個是士尼次勒（Arthur Schnitzner 1862–）是個天才的敍述家；他的短篇小說幾乎都是雋品；內中最負盛名的是（1）「嬌媚」（Liebelei 1895）與（2）「賈蘭夫人」(Frau Berta Garlan 1901)（3）與「到空曠之路」(Der Weg ins Freie)與（4）「希臘」的跳舞女(Die griechische Tänzerin 1904)。—第二個是哈特雷本（Otto Erich Hartleben 1864–1905）是諷刺的戲劇家；他的名著是（1）「結婚的教育」(Die Erziehung zur Ehe)與（2）「安革勒」(Angele 1891)，尤其（3）「道德上之要求」(Die Sittliche Forderung 1898)，「與薔薇之月曜日」(Rosenmontag 1900)。——第三個是以（1）情劇「青年」(Jugend 1893)，與（2）社會「大地摹母」(Mutter Erde 1897)和（3）「潮流」(Der Strom 1901)著名的戲劇家哈爾柏（Max Halbe 1865–），還有他的短篇小說：「人生之指環」(Der Ring des Lebens 1910)也是很好的作品。

他如布來布特雷(Bleibtreu)，康拉德(Conrad)，哈特(Hart)兄弟，叔拉夫(Schlaf)諸人雖然是以組織機關報「社會」(Die Gesellschaft) 號稱這派正統的巨子，其實他們在文學上卻沒有多大的價值。

目下的自然派文學已入於過去之境了，雖然大文豪霍卜特曼還健在；但時代的潮流已經變遷，並且人才凋零，不復如當年鼎盛了。其中堪以敘述的不外三人：一是亨刻爾（Karl Henkell 1861–），他是個沉靜精細的詩人從前他的作品不外是嘗試的作品；最近出了一本「世界音樂」(Weltmusik 1918）的詩集，方纔成了功。第二個是飛比喜(Clara Viebig 1860–)，她是現代德國自然派的唯一女小說家曹拉的女弟子。她的傑作是（1）「守在來因」(Die Wacht am Rhein 1902)，（2）「赫虛卡之女」(Töchter der Hekuba 1917) 都是主張從偏狹的愛國主義中解放出來。——第三個是和爾次（Arno Holz 1863–），他是當時參加「社會」報的分子中之遺留者。他的歌集「達斐斯」(Dafis 1904)和「鑄錫匠」(Blechschmiede 1901) 至今被人譜入樂曲，到處彈唱。最近出了一本悲劇「不知道」(Ignorabimus 1913) 頗博社會的贊許。

第十一節　反自然派時代之德意志文學（一八九〇至一九一〇年）

自一九〇〇年俾斯麥退隱，威廉二世親政之後，德國的工商業，國富，人口，兵力，俱以加速的速度，達到極點。然而國民的愛國心之衰落，帝國的壓制力之偉大，工人勢力之膨脹，國際的社會主義與國際的羅馬舊教之得勢，在在皆予德國以內在的重創，以致有一九一四年戰事之爆發與一九一八年內亂之崩陷。其最大的原因有二：一是國民誤認尊王為愛國，二則當局只知竭盡民力以致富，而不知培植民衆的團結心，喚醒民衆對國家的感情。此所以能令健兒致勝於外，而不能止民衆瓦解於國內也。

然則在此社會主義思想磅礴之時代中，這個富有革命性而且適合貧民階級的自然文學，理應更會怒長燦發纔是，何以反致中衰？我們於此推究其原因，得有數端焉。

第一、工商業的發達，竟出馬克斯的預料之外，反使國內勞動階級的生活，日趨繁盛與安定；蓋在國際經濟的社會狀況，對立的是國內的資本家與國外的被壓迫民族。若夫國內勞動階級自身之團結，與國富之加增，故轉叨其餘利，而不蒙其害。於是專長於描寫第四階級的窮困狀況之自然派文學，遂漸失他們的對象。

第二、自然派作家受社會主義的理論之涵育，過於由於自身之經驗與閱歷，以故他們——除卻少數作家如霍卜特曼之外——描寫人生無寧是描寫他們的幻想，他們的憐憫心與救世觀念往往受不到真切的刺激與興奮，從而他們的作品也不能鼓起讀者或且觀衆的同情與興味。

第三、自然派的模仿過於刻劃呆滯；雖細如微塵，低如蟲聲，淡如水色，亦皆刻意摹擬；反把大處重要處視爲無足輕重，所以眞確切實的原則竟把作者的個性，音韻的美感，思想的寄托，結構的薰襯，材料的取捨抹殺無遺。於是習尙所趨，竟把文學成爲記賬式，報告式，訴狀式的呆板日記，而怡情養性，陶冶心靈的精神的功效爲之絕滅。

第四、在工作緊張的社會裏，當然很熱烈地發生精神安慰的願望；於是一般人心中漸有人性之是認，漸有人的生活之要求，其結果復使人復於宗教的念慕之一途。若夫自然派的作品至好也不過緊張人的情緒，疲倦人的精神，如何能持久博人的歡迎？

第五、於是哲學界裏首先發生反動，如馬哈(Mach)萬有變動論，味興革(Vaihinger)之現實假定說，已經與思想界以劇烈的變動了。至於尼采的超人哲學，更使思想界趨於「精神高超化」之一途。

第六、就是自然派所依賴的根據地——自然科學——也起了大革命了。蓋宇宙觀自身先根本上變動了；從前所認爲一切自然科學的最穩定最堅決的概念——就是物質(Materie)與能媒(Energie)的概念至是也動搖了。從前所謂物質之基礎的原子(Atome)，現在（一八九七年）卻發見原子是由一個陽性的核心與衆多陰性的電子（Elektrone）合成的，並且一切萬有都是由這種電氣的作用混合而成的。而所謂電子，與其說近於物質，無寧近於精神。於是從前唯物論者對於物質所作的概念至是完全推翻了。推論結果，一切存在的都是幻象，都是思想，簡言之只是精神而已。

綜此數端當然不能不與自然派文學以重大打擊。

但是自然派文學好似一種基本原素，因受此等作用與其他特殊的物質化合的結果，遂生出種種混合物出來。於是除卻上述他的本派信徒之外，還有下列各派；對於他或採修改的態度，或處反對的態度：

一　新寫實派（Neurealismus）

這派的作家雖然淵源於自然派，但他們看透最佳的自然派作品正是以個人的特長自顯；如霍卜特曼，利利恩克倫背後都存有他們的特性。所謂新的，不外材料而已，其餘還是步前人的後塵；所謂切實的求眞，究竟做不到。乃知外界的描寫，勢不得不擴充到內界的描寫。

他們又覺悟文藝在社會上的貢獻是以積極的，不是以消極的爲重。所以從前那種對於肉體上及精神上痛苦之刻劃，對於人的獸性之鼓動，除了與人以非常的刺激之外，毫無他效。於是他們回復到舊寫實派的前路，統以陳說自然的美處；尤其故鄉的風景，表現人性的優點，尤其中古的模範者，以期陶冶人的心靈，感化人的性情。

他們的模範者是刻勒洛塞革諸人；他們的創作長於小說，尤長於故鄉小說與教化小說。他們雖然沒有何種團體；但他們的勢力至今不衰，其中申赫耳與士塔汾哈根以戲劇著，托馬斯曼，夫棱森，托馬，擦安馬策提諸人以小說勝。現在分說於下：

（１）申赫耳（Karl Schönherr 1869–）是現代極享盛名的一個奧國戲劇家，他的作品差不多都孕着嚴肅之氣與惋悼之聲，尤帶有宗教的色彩。他的作品可分爲二時期，第一時期自一九〇〇至一九一〇年；其中最著的是人生的戲劇「大地」（Erde 1907）與民族的悲劇「信仰與故鄉」（Glaube und Heimat 1910）。第二時期是一九一四年以後；其中最受觀衆歡迎的是婚姻悲劇「妻鬼」（Der Weibsteufel）其實遜於前二劇。還有是「處苦境的民族」（Volk in Not 1916），是寫羅爾人反抗巴威人壓迫的故事。其次就是兒童悲劇「人生的癡狀」（Das Narrenspiel des Lebens 1918）製作雖嫌簡樸，卻不會是作者的自懺。最近還有一本「奮鬬」（Der Kampf 1921）貢世。

他還有一些很好的散文如：（１）小故事「卡立塔斯」（Caritas 1904），（２）短篇小說「賬簿」（Schuldbuch 1913）等都是在中年時候作的。

（2）士塔汾哈根(Fritz Stavenhagen 1876–1906)是現代用低地德語寫的戲劇的創始者，他是奉安熷格魯柏(Anzengruber)爲模範者；有人比之爲低地德語之莎士比亞，這是言過其實；他還比不上霍卜特曼咧；如果他不早死，也許有更大的貢獻。

他的戲劇中最佳的首推「穆毎」(Mudder Mews 1902)，是寫一個好意的老母親因干涉失當，致破壞兩個丈夫的家庭樂趣，而迫少婦自殺。這是士氏唯一的不朽巨作。其次就推「德意志的米雪爾」(Der: deutsche Michel 1902)與「幽靜的庭院」(Der ruhige Hof 1905)兩本。

此外還有一本極佳的短篇小說集「灰色與金色」(Grau uud Golden 1904)。

（3）托馬斯曼(Thomas Mann 1875–)他可算爲現代德國最傑出的小說家，他在受過教育的民衆內所以會獲得極高的名譽，第一是由於他是代表德國平民與德國文化的有數人物。他雖有不少的反對者，他畢竟是一個眞正善於敍事，精於結構的名手。他的文辭以非常悅耳與特別切合見長。觀察人物與環境尤其澈底，所以他是合心理學家與寫實家而爲一的天才。他雖然很受迭更斯(Dickens)剌柏(Raabe)諸人的影響，卻能體化入神不露痕跡。一切細末的事蹟被他一描，無不活躍生動；並且能夠深深的鼓舞讀者的興味。

他的長篇小說「部登布洛克斯」(Buddenbrooks 1901)是一本開紀元的作品。他的成熟的技術，眞切的表述，活躍的感動力都在那裏表現出來。其次就推他的「王爺殿下」(Königliche Hoheit 1909)是用諧而雅的筆來寫中德小王庭的狀況。

他的短篇小說尤爲擅長，而「威尼斯跑方之死亡」(Der Tod in Venedig 1912)，尤其是他的最深刻，最特式的作品。他如短篇小說集(1)「夫里德曼小先生」(Der kleine Friedemann 1898)，(2)「特立斯坦」(Tristan 1903)，「奇怪兒童」(Das Wunderkind)等裏面都有極好的作品；其中尤足代表他個人的心理的是「托尼奧克律革」(Tonio Krüger)。

他還有一本文藝復興派的戲劇「菲奧棱擦」(Fiorenza)，演來能以極大的印象與觀者。

(4)柏勞(Helene Böhlau 1859–)在現代女小說家中可算爲最活潑而且最完全的。她是極富感情與慈愛的女詩人。她的一切長短篇小說都是由無限婆心中生了出來。她尤寄同情於青年的婦女。她的長篇小說如：「母親的權限」(Das Recht der Mutter 1897)，「半獸」(Halbtier)，「調車站」(Der Rangierhof 1896)，雖然爲女權說法，卻以悲訴失戀爲主。至於她的「伊塞俾斯」(Isebies 1911)卻不啻是作者自身的寫照。以上是她的最得意最出名的作品。

她的短篇小說以「刺次美得爾與老威瑪之故事」(Ratsmädel und Altweimarische Geschichte)爲最栩栩有生氣，其次如「夏日記」(Sommerbuch)，「晶球」(Die Kristalkugel)，「夫拉讃地方之茱屋」(Das Haus zu Flamm)等都是極動人的情史。

（５）托馬斯曼之外，就推魯厄德勒(Josef Ruederer 1861-1915)。他是寄深工於故鄉風景的寫實名家。他的明亮的，每喜作諷語的精神，與他的不徇私情，惟眞是務的熱腸，把他提高起來，遠超出其他的故鄉寫實作家之上。他的短篇小說集：「悲喜劇」(Tragikomödien)與「巡禮者畫家與凶手之故事」(Wallfahrer: Maler und Mördergeschichten)都是深刻而譏諷的描寫市民與農民的運命。還有一本長篇小說「醒來」(Das Erwachen)是當他死後（一九一八）纔貢世的。

魯氏不但是小說家而且是有名的戲劇家。他的喜劇「祭旗」(Fahnen weihe 1894)與「朝霞」(Morgenröte)，也是譏刺他故鄉的農民與市民的偽品；而前者尤其巴威人從來所有喜劇中最佳之作。至於他的有名的悲劇「科赫爾之鐵匠」(Der Schmied von Kochel 1910)卻藉着一七〇〇年的某少年的故事坦然表示作者愛國愛鄉之心。

（６）南德方面稱雄的是托馬(Ludwig Thoma 1867-1921)。他是以譏諷特長，而敍述頗切事實而質樸無華用語也簡樸有古風。

他的作品頗多，可分為兩類。第一類是詩人派的，如農人故事「阿格里科拉」(Agricola 1897)，喜劇「獎章」(Die Medaille 1901)，「地方鐵路」(Die Lokalbahn 1902)，「聖希阿斯的故事」(Die Geschichte vom heiligen Hias 1904)以及長篇農人小說：「服斯特」(Andreas Vöst 1905)，「騾夫」(Der Wittiber 1911)，與農人戲劇「馬格達雷拉」(Magdalena)；其中以服斯特為最佳。但是使托氏名揚文壇的，其功多在於他的第二類樸素的作品：如故事「陪席判事小卡爾」(Assesor Karlchen 1900)，「惡少故事」(Lausbubengeschichten 1904)，「姑母夫里達」(Tante Friede 1906)，「士雷密爾傳」(Geschichte von Peter Schlemihl)，喜劇「道德」(Moral 1902)等，而以最後這一本為最佳。

(17)還有一個稱雄於過渡時代的女小說家庫耳次(Isolde Kurz 1853-)，她是一個良好的寫實家，不帶許多的陰影，坦然表示自己一切往事，肅然不雜絲毫的輕佻，不鶩時尚，不徇意氣；謹按文學的規律。她是現代唯一景仰意大利作風的小說家；所以她的「佛羅棲斯短篇小說集」(Florentiner Novellen 1890)與「意大利敍談」(Italienischen Erz hlugen 1895)是她的最佳的作品；其餘各短篇小說

「幸福之號」(Die Glücksnummern),「達到了的目的」(erreichtes Ziel),「鞋匠與衣匠」(Schuster und Schneider)亦係難數的家珍。她的詩歌也很有名，共出有二集；「詩集」(Gedichte 1888) 與「新詩集」 (1905); 尤以輓詩「阿斯福狄爾」(Asphodill) 爲她的最成功之作。

(８)在後起作家中目進筆頭的推刻勒曼(Bernhard Kellermann 1879-)他是始自模糊的觀察漸漸達到極警策的敍寫地步，卻又不致把所謂動作中推動力的人物性格忽而不顧。他的成功作品是長篇小說「瘋人」(Der Tor 1919)。自是之後出了數本長篇小說「海」(Das Meer 1910),「山洞」(Der Tunnel 1913),「十一月九日」((Der 9. November 1921),而他的步調與表象力卻逐步增進，能把一切情節動作，細細分析，使閱者若親歷其境。而「十一月九日」(Der 9. November 1921) 尤爲曲繪大戰時戰場內外種種迫着革命停戰的狀況的傑作。還有「戰事日記」(das Kriegstagebuch)亦爲描寫當時西方戰場生活的名著。

(９)還有一個新進的作家夫朗克 (Bruno Frank 1887—…),他的眼光看透一切世情，所以特寄同情於迷途者與受苦者。他的表述的剴切與婉曲，實養成他的詩歌，小說與戲劇的作品。他雖然不求在文藝上發生驚人而獨占的效力，卻已躋於現代的最著名的作家之林中。

他的名著有二：（1）是短篇小說「女公」(Die Fürstin 1915)，裏面充孕着作者的觀察力與冒險精神，（2）是戲劇「慰安婦人」(Die Trüstin 1920)，也是他得意作品。其次就是他的戲劇「姊妹與外人」(Die Schwestern und der Fremde 1919)，魄力與效果固然勝於前者，而欠在未純。他如喜劇「義婢」(Die treue Magd 1918)，短篇小說集「幻像」(Gesichte 1920)，詩集「葡萄搾廠」(Die Kelter 1920)都是很好的作品。

在瑞士還有一個很負時望的山嶽小說家擦安(Ernst Zahn 1867–19‥)，他的思想明晰，感情豐富而不奔放，寫山中風景與山村情況甚佳，尤長於瑣細的描寫。所以他的山嶽短篇小說無不佳妙；而最名貴的是「日常的英雄」(Helden des Alltags 1905)與「溶雪風」(Firnwind 1905)，其次就推「人類」(Menschen 1900)與「那裏來往的人」(Die da kommen und gehen 1968)等。至於他的山嶽長篇小說如「夜」(Nacht 1977)，「第二生命」(Das zweite Liben 1918)等，雖多爲人讀，究嫌散漫些。若敍述及詩歌等固間有傑作，亦嫌駁雜些。

還有一個奧國舊教派女詩人罕得爾馬策提(Handel-Mazzetti 1871–…)；她的兩名劇(1)「可憐的馬加勒特」(Die arme Margaret 1910)與「葉塞和馬利亞」(Jesse und Maria 1906)表現她的

謹嚴的信仰，精選的史料，博愛的精神。還有兩本「亨柏革的可紀之年」(Meinrad Helmpergers denkwürdiges Jahr 1900)與「斯忒法那・士威忒」(Stephana Schwertner 1912)。

在漢堡方面有個性情愉快，言語雋妙的鄉土戲劇家伊倫斯特 (Otto Ernst 1862-…)；他的喜劇「做教育家的夫拉斯曼」(Flachsmann als Erzieher 1900)，是他怨懟現在眩學的學制；這是他的傑作。還有長篇小說「森柏耳的少年國」(Asmus Sempers Jngendland 1905) 與敍述「阿帕爾士努」(Appelschnact 1906) 也都是極盛一時的名著。

在好斯敦方面也有個與伊倫斯特性質相近的方言小說家夫棱森 (Gustav Fressen)。他的名著「約翰烏爾」(Jörn Uhl 1901)寫故鄉的農家子備嘗辛苦，終得成立。不特在他的作品中稱爲傑作，並且在文壇上也占重要的地位。

在來因下流方面也有個謔而不俗，靜而幽雅的鄉土小說家赫耳左喜(Rudolf Herzog 1869-190-)他的傑作「威斯哥登族」(Die Wiskottens 1905) 是寫他故鄉裏某工業家庭昌盛經過的一篇勞動詩。還有「低來因人」(Die Niederrhein 1903)；也是描寫故鄉的名著。

在薩克森方面有一個substantially牧師小說「普來登多夫之牧師」(Der Pfarrer von Breitendorf 1893)

而著名的坡楞次(Wilhelm von Polenz 1861-1903)；他還有「步騰農夫」(Der Büttenbauer 1895)與「壕上獵者」(Der Grabenhager 1897)兩長篇小說也頗有名。

二　印象派(Impressionismus)

印象派也是源於自然派。不過自然派肯定現實而且認摹寫現實為可能，而印象派卻只把感官所得之印象為描寫的對象，至於事物的本體如何，他卻無能觀察，更無從描寫。這派的出現固然由於補救自然的偏激，但是他的影響大半卻受諸馬哈的哲學。馬氏以為世界是色，聲，熱，覺，空時諸種範疇常川的變動；他只鼓起我們心裏的情緒，感覺與意志。所以就文藝方面來說，文藝家再不能像從前那樣專表現固定的，永在的，可分可界的個體，卻只能表現流轉的，浮動的，倏現倏滅的印象，所以他須創作他眼裏活現的景像。所以近世文藝家的第一任務就是喚醒流動浮移的生命之幻象。

因此這派的作家也像畫家一樣，只本剎那間的感應，用綺麗的色調渲染在紙上。

其次這派的出現於地理上亦有關係，蓋這派的根據地不是在急進的剛強的北德，而在守舊的溫柔的南德；乃至奧瑞方面過激的自然派文學經了這心理的磨勵，纔成為這種折中的產品。

在德國從前有理喜忒(Richter)，其後有斯圖謨(Storm)都是這派的先驅。但是到了馬哈的文藝

（1）巴耳（Hermann Bahr 1863—…）是這派的思想代表者。他在現代的天才作家中可稱爲最活潑，最多藝的作家；我們可就他的作風之變遷裏面窺見時代的精神。他的思想很受哲學家馬哈（Mach）的影響，而認一切爲在變動而無止境的進所謂自我都是一種幻象。而巴氏半生的閱歷卻也有類於是；最初他是崇拜自然派；凡著名作家如曹拉，莫泊桑（Maupassant），托爾斯泰，梅德林諸人的作品他無不瀏覽；後又崇拜象徵派，尼采尤是他的理想人物；但他隨讀隨化，絕不受他們的思想的束縛。因此他在文學上並沒有什麼不朽的創作，卻有功於時代觀念之介紹。根本上說起來，他是倫理相對論者，所以不信物之本體有善惡，卻隨興之所之而轉移他的意向。他的作品都不外是閑談，雜記而已，就是小說與詩劇也不免失之於佚蕩。較佳的如長篇小說「好學校」（Die gute Schule）與「德魯特」（Die Drut 1909）；戲劇如「星」（Der Star），「劇場」（Theater 1897），「刺爾」（Die Rahl 1908）「克藍普斯」（Krampus 1901），「音樂會」（Das Konzert 1909）等；適足以表現他的多才善變，所謂順情感爲轉移的印象派代表作品。

（2）在創作上堪稱該派領袖的首推赫塞（Hermann Hesse 1877—…）。他是一個沈靜，溫和，富於德意志精神的人物，善作小說尤長於短篇。他描寫情緒極其精緻，尤好追述兒時往事，與日常細事。

他的最佳的作品是最近的小說：「德米安」(Demian 1919)是獲得豐坦獎金(Fontanepreis)的青年史實；他的敍述天才至是方才大熟。關於這一類的還有「革爾特魯德」(Gertrud 1908)，「勞瑟的遺孤」(Hermann Lauschers Nachlass 1901)，「卡門親德」(Peter Camenzind 1904)，「車輪下」(Unterm Rad 1905)而後二本尤有名著之稱。他的「克努爾普」(Knulp)是描寫細故閑情最精刻的小品。至於他的短篇小說首推「這邊」(Diesseits 1907)，「隔壁」(Nachbar 1908)，「繞道」(Umwege 1912)「小花園」(Kleiner Garten 1919)，「克令索的最後之夏」(Klingsors letzler Sommer 1920)都是粒粒珍珠。至於「察剌圖斯特剌之復歸」(Zaratustras Wiederkehr 1920)也是一本獻與青年的很好的作品。

（3）與赫塞同具銳敏的感覺而多富有樂趣與活力的是斯特宰斯(Emil Strauss 1866-19…)。他是一個鄉土作家，而且是黑林區域的著名小說家。他的長篇小說「赤裸裸的人」(Der nackte Mann 1912)簡明的敍述，詼諧而平淡的描寫，緊輳的情節，成爲現代德國文學中最富有生意與時代精神的傑作。還有兩本長篇小說「小主人」(Der Engelwirt 1901)與「友人亥因」(Freund Hein 1902)。在他的短篇小說集「罕斯與格勒式」(Hans und Grete 1909)中最佳的是「勞芬」(Der Lauffen),裏面滿蓄着作者的魄力與才幹。還有一篇哀感頑艷的敍事「鏡子」(Der Spiegel 1919)也是一篇刻劃入微的心理描寫。

(4)在現代批評界中嶄然露頭角的是刻耳(Alfred Kerr 1867-…)。他的批評很切實,很徹底,很有歸著,而眼光之深遠尤爲當代德人所不可及。他雖然很富情感,而卻有他的特性。他的一言每每深中詩人或且伶人的肯綮;所以在文藝上頗有相當的權威。吾人觀察他的平生與他的作風完全是印象派的。他的作品共有五卷。關於批評的多注重於劇場與伶人。其第二部分「光線下的世界」(Die Welt in Licht 1920)是他的遊行日記。而最佳的是最後幾章名叫「對禽獸道吉」(Gruss an Tiere),是他對現代的大城與劇場下針砭的快論。

(5)芬克(Ludwig Finkh 1876-19-)是個嫵媚靈巧,而帶柔弱的著作家。他的抒情的散文紀事最爲有名。最佳的是「玫瑰博士」(Der Rosendoktor 1906)是寫一個高尙而急性的人之戀愛與失望;其實是爲他自己作傳。其次就是「到特里普斯特里綱去的旅行記」(Die Reise nach Tripsteil 1911)是完全描寫士威賓(Schwaben)人動了漫遊之興而又牽掛着故鄉,玩味着家庭樂趣的神氣。還有一本但是佐治等的祕密機關「抒情的曙國」(Lyrisches Dämmerreich) 在一八九九年方才公開。

這派的首領除了尼采之外，就推三抒情詩人得麥爾，佐治和里爾克，和四戲劇家革特和夫曼茲塔爾，勺爾次和哈特。現在分說於下：

(1)尼采(Friedrich Nietzsche 1844-1900)生於薩克森之勒鑿(Röcken)，早喪父，讀書精進，年二十四即在巴塞勒(Baseler)大學任哲學教授。普法戰時，從軍看護傷兵，後因操勞過度，遂患眼疾與腦病，一八七八年遂辭去教職，但尚不斷地繼續他的著作。到了四十四歲，腦病大劇。從此之後，他再不能握筆了。

尼采最堪稱的是詩人，最不堪的是科學的哲學家；就是因爲這個理由，所以沒有一個哲學家的勢力及於文學界像他樣強烈，那樣長久。他不單是德意志新青年的祖宗，而且是歐洲各國最新文學——尤其法，意，俄——的先驅者。他的超人主義——除卻那些抱殘守缺，泥古拘舊的流派痛詆之外——差不多文學界都奉爲金科玉律。

他不單是大思想家，而且是造語家；他在現代德語界所生的效力，有似四百年前的馬丁·路德。

他的作品中首推詩的散文「察拉圖斯特剌這樣說」(Also sprach Zarathustra I-III 1883, IV 1891)可算是數百年來最大的散文詩。其次如(1)「悲劇之產生日」(Die Geburt der Tragödie

1872)，（２）「不合時宜的觀察」(Unzeitgemässe Betrachtungen1875-1876)，「人的太俗之點」(Menschliches Allzumenschliches 1878-1879)，「朝霞」(Mogenröte 1881)，「愉快的科學」(Die fröhliche Wissenschaft 1882)，「超乎善惡」(Jenseits von Gut und Böse 1886)，「道德之系統論」(Zur Genealogie der Moral 1887)，「偶像末路」(Götzendämmerung) 都是表現他的思想傑作。

還有他的抒情詩可分爲兩大類：

（１）奮激的；其中最佳的是：「詠無人知的上帝」(Dem unbekannten Gott)，「高山之上」(Auf hohen Bergen)，「詠西北風」(An den Mistral)。

（２）悲喜的；其中最佳的是：「秋天」 Der Herbst)，「寂寞的」(Vereinsamt)，「威尼斯」(Venedig)，「太陽落了」(Die Sonne sinkt)，「到新的海去」(Nach neuen Meeren)；而「察拉圖斯特剌」中的「晚歌」「夜歌」尤爲精警之作。

（２）德麥爾(Richard Dehmel 1863-1920) 是德國象徵派中天運最高的詩人；他的不撓的精神要融和神祕和情感；所以他的作品也含有不少的自然派色彩。他的詩比他的同志都來得雄壯，只是有時過於模糊籠統些。

他的抒情詩集中最佳的有：（1）「超脫」(Erlösungen 1891) 寫青年的戀愛兼寫山水的美景；其中最佳的是「晨禱」(Morgenandacht)，「望光處看」(Blick ins Licht)；（2）「但是愛情」(Aber die Liebe 1893) 帶有社會主義的色彩其中最佳的「歌示吾兒」(Lied an meinen Sohn)，「山頌」(Berg-Psalm)，即是高尚的社會的讚美歌。還有「婦人與世界」(Weib und Welt 1896)，比前二者較冷削，也較清淡內關於詠自然的有「夏晚」(Sommerabend)，「月夜」(Mondnacht) 等；關於敍愛的有「起床」(Aufstieg)「祕密」(Geheimnis) 等；關於訴苦的有「壓迫的重負」(Druckende Last)，「冷酷的問」(Kalte Frage) 等都是傑作。

而德氏的最著名的作品卻是史詩連環集 (Romanzenzyklus)：「兩人」(Zwei Menschen 1903)，凡三組，每組三十節，是一篇言情的詩中小說。全篇的意旨是：凡個人眞正的愛情是人類在奮鬬，享樂與幻想之中的一切愛情之象徵。

還有戲劇三本（1）悲劇「同胞」(Der Mitmensch 1890)，（2）雜劇「盧齊斐」(Luzifer)，（3）悲劇「人類朋友」(Menschenfreunde 1917)。一本短篇小說「人生之葉」(Lebensblätter

1895)。「本兒童娛樂品：「幼稚園」(Der Kindergarten 1899-1905)，然究不及悲劇：「摺帶」(Fitzebutze 1899) 之精警而著名；他與批評集「對於藝術上帝與世界的觀察」(Betrachtungen über Kunst, Gott und Welt 1900) 都是這派代表的作品。

（3）佐治(Stefan George 1868—…)是這派的領袖，他是「藝術報」(Blätter für die Kunst)的主筆。他的徒黨奉他爲詩聖，稱他爲至高尙的象徵派之王，爲雅化的格式之創始者。事實上他絕不效自然派的粗暴，而致力於純粹超然的感受，諧和的音調和精選的辭句。

佐治的價值在於抒情詩集；其中最爲精采的是：「讚美歌」(Hymnen 1890)，（2）「心靈之年」(Das Jahr der Seele 1899)，（3）「我們來復的走着」(Wir schreiten auf und ab)，（4）「人生的氍毹」與「夢與死之歌」(Teppich des Lebens und Lieder von Traum und Tod 1900)，（5）「第七個指環」(Der siebente Ring 1908)，（6）「同盟之星」(Der Stern des Bundes 1914)。

（4）里爾刻(Rainer Maria Rilke 1875…—)。他是很受佐治的影響卻能自表他的性格的抒情詩人。他的抒情詩集中首推（1）「畫像集」(Das Buch der Bilder 1902)，其中最妙的是「騎士」(Ritter)，

「最後者」(der Letzte) 等。其次就是（2）「夢裏加冠」(Traumgekrönt 1917)，（3）「自慶」(Mir zur Feier 1899)。此外還有「新詩集」(Neue Gedichte) 和最近出的「新詩集之他部分」(Der neuen Gedichte anderer Teil 1919) 兩册。

里氏還長於短篇小說最著名的是「巴拉格地方的兩故事」(Zwei Prager Geschichten 1899)，「里爾克之愛與死的方法」(Die Weise von Liebe und Tod des C. C. Rilke) 等等。

（5）在抒情詩方面的有德麥爾，在戲劇方面就有革特(Emil Gött 1864-1908)。他和霍卜特曼可算德國象徵派戲劇家中最傑出的。他的最著名的戲劇是（1）仿照西班牙式的極富有思想的喜劇「妖術者」(Der Schwarzkünstler 1890-1905)；初名「精練者」(Der Adept)，後又改名「禁果」(Verbotene Früchte)，是敍一個過路的學生於一飯之中和解一對夫妻立意是說凡誠意不能感化的地方而滑稽卻有時能成功。其次是（2）「改換生涯」(Mauserung 1906-1908) 也是仿照西班牙式的五幕喜劇，寫某寡婦棄其情夫而與她的書記結婚，其情夫卻捨她而愛她的婢子；立意是說愛情生出嫉妬，嫉妬有時卻也生出愛情。其次就推兩本主觀的懺悔劇（3）「小鹿」(Edelwild 1894-1901) 是五幕的戲劇詩與（4）「福圖那塔的咬痕」(Fortunatas Riss 1898)。

革氏的散文作品首推「革特的遺訓錄」(Aus Götts Nachlass 1909)思想豐富，言論超脫，很像尼采的作品。還有本「日記」(Tagebücher 1894-1907)是作者坦直的懺悔錄。此外還有數首抒情詩「小黑鶇」(Schwarzamselchen)，「那邊林中」(Im Wäldeli drobe)，「我好久不說了」(Wie lang hab ich geschwiegen)。

（6）其次就推奧人和夫曼玆塔爾(Hugo von Hofmannsthal 1874—…)他是抒情詩人兼戲劇家，長於運用辭句，卻弱於表述情節。他的短劇最爲擅長如：（1）「昨日」(Gestern 1892)，（2）「瘋人與死神」(Der Tor und der Tod 1900)和韻文劇（3）「舞臺中之舞臺」(Theater im Theater 1899)。後又着手作歷史劇；其中最佳的是（1）「厄勒克特剌」(Elektra 1903)，（2）「厄狄浦斯和斯芬克斯」(Sphinx 1905)，「玫瑰騎士」(Der Rosenkavalier 1911)。還有一本中古的童話劇「名人」(Jedermann 1912)，卻最爲雋永而饒有興味。還有一本喜劇「困難者」(Der Schwierige 1921)。

他的抒情詩極其哀婉頑豔。最佳的是詩集「詩歌與小戲劇」(Gedichte und kleine Dramen)。他如「早春」(Vorfrühling)「許可」(Erlaubnis)等都是傑構。

他的散文作品以短篇小說「無影夫人」(Die Frau ohne Schatten 1920)爲最佳。

(7)和氏之外就推哈特(Ernst Hardt 1876…)使他列入於第一流戲劇家的是悲劇「谷德綸」(Gudrun 1911)與喜劇「細麟與革耳特綸德」(Schirin und Gertrunde 1913),最近還有戲劇「薩羅摩」(Salomo 1915)也頗負重名。他的短篇小說集,「人生是複色的」(Bunt ist das Leben 1902)與「人生之門次」(An den Toren des Lebens 1904)也不示弱於人。

(8)叔爾次(Wilhelm von Scholz 1874-…),的最近戲劇「與影賽跑」(Wettlauf mit dem Schatten 1920)固然很佳,但他的傑作卻是「君士坦士的猶太人」(Der Jude von Konstanz 1905)。他的短篇小說集「懺悔」(Die Beichte)是最易感動觀者的一本傑作。

四　新浪漫派(新古典派)

自自然派盛行之後,一般社會漸復趨重前代之文學;於是歌德,席勒爾,刻湼,烏蘭諸人之文學復爲人所重視。而另一般作家遂一反自然派之作法,一以取材中古的史料,模仿前人的作品,尊重文學的格式,宣傳國家的觀念爲己任;蓋浪漫派與古典之弱點幾盡摒除,而二派之性質漸趨於一致。故此派作家有新浪漫派之目,也有新古典派之稱。其中傑出者如下:

（１）士密特逢（Wilhelm Schmidtbonn 1876—…）在現代作家中其思想與感觸惟以闡揚德國固有的文藝與性質爲事的，可以士氏爲代表。他具有可喜的天賦，豐富的幻像，精巧的格式；所以他的作品在現代雖然未具有永久的價值；但未來的期望是頗大的。

他的「格來痕伯爵」（Der Graf von Gleichen 1908）是使他顯名的名劇。還有一本同種性質的悲劇是「被占領人之城」（Die Stdat der Besessenen 1915）。他的喜劇「優伶」（Die Schauspieler 1921）在最近文壇雖頗有聲，但在文藝的價值上卻不及於「被打之人」（Der Geschlagene），是一本代表最近戰敗後德人痛定思痛深求解脫的名劇（一九二一年）。此外還有故事集「奇樹」（Der Wunderbaum 1913）卻也寫來極其深切而與讀者以巨大的印象。

（２）在現代作家中寫遠地與空想，尤其綺恐怖驚惶最爲拿手的首推邁麟克（Gustav Meyrink 1868—…）。他的幻想的藝術和前人不同的是堅決的信仰與熱烈的誠摯。他的富有思想的長短篇小說不啻闡揚東方各國以及猶太人的哲學。他的玄祕的宇宙觀滿孕着批評的態度；所用的材料不外用以熏托他的思想而已。他的三本長篇小說「胎兒」（Der Golem），「綠臉」（Das grum Gesicht），「瓦爾浦吉之夜」（Walpurgisnacht 1917）一方面表示他的強毅而成熟的性格，一方面顯現他的敍事與傳神的才幹；所以可稱爲現代德國敍述技術中最成功的作品；而最後一本尤爲最佳。

（３）復興從前敍事的抒情詩（Ballade）的，而且德國的，是明喜豪森（Börries, Freiherr v. Münchhausen 1874……）。他是畢生貢獻於此種文藝的第一人，同時又是謳歌貴族的最後之一人。他的詩完全代表騎士的俗尚和觀念；個人的自主意識，貴族的閥閱，獨身的主義形成爲他的尊重階級的道德觀。他的「敍事的抒情詩和騎士的詩歌」（Die Ballenden und ritterlichen Lieder 1904）最爲有名；他如「甲胄內之心」（Das Herz im Harnisch 1911），「旗幟」（Die Standarte 1916），「騎士的詩集」（Ritterliches Liederbuch 1904）都是很佳的作品。

（４）此外還有精於文藝的格式而頗接近表現派的胡蝴（Ricarda Huch 1864……）是近代有名的女作家之一；她的傑作是長篇小說「烏斯雷少者之回憶」（Erinnerungen von Ludoff Urslau dem Jüngeren 1892），與他的短篇小說「由戰勝巷出來」（Aus der Triumphgasse 1901）。此外論文如：「浪漫派盛衰記」（Blütezeit und der Verfall der Romantik 1902）堪稱爲現代代表作品之一。一九一七尚有她的「新詩」（Neue Gedichte）出現。

（５）胡氏之外就推斯圖翚（Eduard Stucken 1865……），他的戲劇「牧師沙托涅的社會」（Die

Gesellschaft des Abbé Châteauneuf 1914）最爲知名。其次就是「加蘭」（Galan 1902），「蘭則羅特」（Lanzelot 1909），「麥林之生」（Merlins Geburt 1912）。近有長篇小說「白種的諸神」（Die weissen Götter 1918），也不失稱爲他的名著。

（6）與明喜豪森同抱貴族觀念的是紹卡爾（Richard Schaukal 1874—…）。守舊的宇宙觀與人生觀，傳說與格式的尊重，知己自足的態度與節制的嗜好合成爲他的抒情詩與觀察式散文的原素。

他的作品佳處卻在於前期的，如詩集「選詩」（Ausgewählte Gedichte 1892-1904），「祖母」（Grossmutter, ein Leben von Tod und Leben 1906）；短篇小說「林克斯」（Mimi Lynx 1904），「塔那托斯」（Cros Thanatos 1906）都是享盛名於當年；至於現在卻漸無聲色矣。

（7）在現代激盪的文壇上卻能塊然獨處，自行其是的是逢乔（Josef Ponten）。他是一反現代的潮流，專鶩於復興德國古典文學的作家；他的作品得力於科學的研究處多於文藝的陶冶。他的巨著長篇小說「巴比倫之鐘樓」（Der babylonische Turm 1919），一面表現古代哥德人的精神，一面描寫戰前德國經濟和文化的狀況，不失稱爲一本有價值的文藝小說。他的短篇如：「島嶼」（Die Insel），「騎羊者」（Der Bockreiter），「師父」（Der Meister）也都是結構完整，思想豐富的藝術作品。

（8）邁驎克派的作家中首推夫賴（A. M. Frey 1881—…）。他是弱於情感，強於觀察的小說家。在他的小說「看不見的索涅曼」(Solneman der Unsichtbare 1914)已經表現他的超人的天賦。此後連出了「卡斯坦與諸女」(Kastan und die Dirnen 1918)，「無動作的殺人犯」(Der Mörder ohne die Tat 1918)，「日常之鬼」(Spuk des Alltags 1920) 等都是有聲有色的作品。

（9）與夫賴同以敍事見長的賴曼(Hans Reimann 1889—…)雖然經了童年的厄運，大戰的震盪，新聞的眩惑，卻依然保守他的樂天性。他又是個很澈底很活潑的語學研究者，所以用的辭句無不警策恰合。他的傑作是自傳式長篇小說「提爾」(Tyll 1918)。其餘他的「蚤子」(Der Floh 1918) 卻是描寫戰時狀態之一幕；他的「微笑的卡爾圖斯」(Der lächelnde Kaktus 1920) 卻是詼諧譏刺的雋品。這少年的後進作家有不少的希望在前面。

（10）此外集幻像，思想與滑稽於一身的少年作家夫勒克薩（Friedrich Freksa 1882—…）。他的長篇小說「普剌士馬的祕密」(Praschmas Geheimnis 1921) 是他的最活躍而興奮的傑作。他的戲劇「愷撒之時」(Cäsars Stunde 1921) 是以古羅馬反襯現代德國政治狀況的諷世作品。而厭世小說「到空處的行人」(Der Wanderer ins Nichts 1920) 不啻是表現現代一般青年的心理；而表示時代精神最爲深切的，卻是他的短篇小說「必要」(Notwende) 與「自由」(Freiheit)。

（11）還有一個以愉悅與婉曲的詩歌聞名文壇上的俾耳班(Otto Julius Bierbaum 1865-1910)，他的愛情劇「士忒拉與安忒尼」(Stella und Antonie 1903) 在舞臺上最有效果。

（12）其餘如以長篇小說「希利安」(Helianth 1921) 始聞名於文壇的祉斐耳 (Albrecht Schaeffer 1885…)；(13)以悲劇婀娜・瓦留斯卡(Anna Walewska 1899)與「過渡」(Der Ubergang) 及論文「影像」(Schattenbilder 1910)勝入多許的「威楞柏喜」(Herbert Eulenberg 1876)；以短篇小說集「洗禮」(Die Taufe 1916)列入象徵派之林，而以論文「到格式的路途」(Der Weg zur Form 1906) 接近新古典派。還有以滑稽故事「不願回轉」(Wendunnuth 1920) 接近浪漫派的伊倫斯特(Paul Ernst 1866)，以「三三篇軼事」(33 Anekdoten)著名聲的舍斐耳(Wilhehm Schäfer 1868)都是現代有數的作家。

第十二節 表現派 Expressionismus 出現時代（一九一〇年至最近）

自一九〇五年以來，歐洲風雲日急，大有一觸卽發之勢；蓋經營之競爭，武備之競爭，殘忍的進化論，苛刻的唯物論之壓抑心靈鼓動情感，已把全歐陷在常態的熱狂之中。政治的空氣至此可謂沈悶之至。

在這時候的德國文學也是飽滿帶滯的現象。蓋其時除了霍卜特曼一人還能繼續表現他的不竭的能力之外，其餘的作家或老死，或就別業，或休息，不大創作，故甚少有成功的作品出現。但是在這時代又有新潮流從西方——法國方而吹來；就是表現派的潮流。

當二十世紀開頭時候，法國文壇上已起了反對梅忒林(Maeterlink)的唯美的象徵主義，同時也反對曹拉的積極的自然主義。這派新文學的領袖是基得(Gide)，克羅得爾(Claudel)與羅蘭(Rolland)諸人，他們的原則是爲文藝而作文藝，所以主張文藝當重創作，不當徒對人生作摹仿。文藝家當如蒼鷹擺着膀品，高飛於雲際。

這派詩人是根據法國思想家柏格森(Bergson)的直覺哲學。依柏氏的見解，要理解宇宙並不能藉着自然科學的研究，卻只能藉着直接的體會（就是直覺）。宇宙無所謂過去現在與未來，只是我們而已。人類實與神共同創造宇宙，而且只受一種道德的宇宙秩序所支配。

於是這派作家遂拋卻從前拘拘於寫實，拳拳於唯美的信條，而從事新文學的創作。他們已不復爲現實作奴僕，畫工，宣傳者，或且預言者了；他們卻成爲萬有精神。他們自覺勝似現實。他們絕不相信現實的存在他們要打破現存的宇宙，把他化成的原素，再把這些來創造現實，於是成爲包羅一切的創造者，形成者，所以他們對於宇宙的態度，不加尊重，不加觀察，不事摹擬，不事鋪張，卻只本詩人的精神來完成或且創造宇宙的形象；詩人至是實藉意志力創造萬有，他實超出空間，時間與因果關係之外。

這種潮流流到沉悶的，徬徨的懷疑着古舊而希望着新生命的德國文壇上，猶如一貼清涼劑。於是德國最新文學之時代遂告開始。

但是浸潤未久，而世界大戰的暴風雨陡然來襲。德國以六千萬人民，數千里土地，與全世界對壘，轉戰四年（一九一四——一九一八），終因內亂復作，遂以戰勝者乞憐於聯合國，但是戰禍雖然告終，而列強的壓迫，國內的貧困更使倔強的德國人民感受無限的苦痛。於是德國思想界爲之大掀動；他們目睹戰況，於是益厭惡現實；他們身受懲創，於是厭惡戰爭。所以在此數年中德國文學界在創作上固然受了不少的挫折，但在思想上卻已精進了不少。他們認定宇宙不過如是，所以重複表揚他簡直無甚意味。於是認定來茲的文藝所負最大的任務在作者的內心裏探求新的宇宙，創造新的宇宙而已。所以人類應寶貴的就是人類自己的觀念。所謂「愛」，在他們看來，就是對人的傾向而已。他們否認民族，否認國家，否認科學，因爲這些都是娛樂與沉醉的阻礙物。他們所要的只是精神而已。

這派的主張由是可歸結於下：反對曹拉的自然主義，反對梅特林的唯美主義；對於懷疑主義之反動；對於神祕主義之傾向；對於新的神祕術之探求；背去社會主義，卻也拒絕資本主義；擯棄心理學的分析法，採用直覺法；廢止冷靜的現實之觀察，主張直接的體驗；打破階級，種族，國家的觀念；尊崇人的全體與各個人內在的感情與意志。

最近的德國文壇已隨着政治與經濟漸漸復舊觀了。若新寫實派，印象派，象徵派等等的作家都有復興的氣象，然而他們在現在的勢力與將來的希望中卻不及這新興的表現派，姑無論他們的作品尚未到純青的火候也。

眞正的表現派分子是「狂風」(Der Sturm)社的作家；但是創作能力較強的還是社外的作家。現在分述如下：

(1)開德國表現派的始基的是兌布勒(Theodor Däubler 1876—)他雖以宗教與神祕爲作品的立場，但他卻眞正希望以表現派來復興德國的文藝。他首先不用個別的觀察與個別的描寫，卻藉直覺以悟徹宇宙。他自一八九八年以來即已開始嘗試的工作，直到一九一〇年敘事詩「北光」(Das Nordlicht 1910) 貢世之後，德國表現派的紀元爲之開始。該詩共分三部：第一部爲「地中海」(das Mittelmeer)，

第二部「撒哈拉」(Sahara)，第三部爲「泛論」(Pan)。其中以第一部爲最佳。全篇雖然欠缺一致；但其精神卻竟篇不衰。其中充滿無數的情景與象徵，無數的歷史的與哲學的思想（尤其黑智爾的。）他藉着俗世的事物以洞察超世；一切個人的問題，都擯而不論，一切人物與言論都是「自我」的發揮而已，可稱爲這派中最偉大的作品。他的其餘作品卻因此而盡失色。雖然他的散文作品，尤其描寫南德風景也極其鮮明豔麗。

（2）與兌布勒同其性質，同其地位，而以抒情詩見長的是衞耳斐爾(Franz Werfel 1890—…)。他的宇宙觀頗似士來厄馬赫(Schleiermacher)的宗教觀，所謂致意於無盡，寄情於萬有者是也。他的創作中以他的初作詩集「世界之友」(Der Weltfreund 1911)爲最愜心之作。他兒時所經歷的一切常事被他用極其奇特的美化法表現出來；中間插入神祕的與倫理的理論；人生的背影方始被他襯托出來。此後續出各種詩集；如「我們是」(Wir sind 1913)，比較的模棱些；「互相」(Einander 1915)雖然稍爲明晰，但終脫不了戰時的影響。至於「對簿之日」(Der Gerichtstag)，卻已露出非戰的思想了。

在他的劇詩中以「鏡中人」(Der Spiegelmensch 1920)爲最佳，是寫墮落的「自我」如何覺悟的經過，是以歌德的浮士德爲模範的作品。其次就是「日中女神」(Mittagsgöttin 1920)是「對簿之日」中一段抒情詩劇。

他的敍事詩「罪不在凶手，乃在死者」(Nicht der Mörder, der Ermordete ist schuld 1920)與「遊院」(Der Spielhof 1920)在實質上比較的遜於前者。

他固然還有許多散文作品，但他終久於此絕不能成功。

（３）世人只知自然派的霍卜特曼，而不知他還有一個哥哥霍卜特曼(Karl Hauptmann 1858)他的作品比弟弟的更有未來的希望；弟弟是在過去中已盡了很大的工作，他卻是新時代文藝界的理想人物。他的價值在不斷地求精進，不斷地求眞實，而又知運用豐富的經驗與深邃的見解求得讀者的理解。他已超出自然派與印象派的藩籬，合理想家與信仰家而爲一了。

他的以前作品都是嘗試的，就是到了一九〇七年出的那本長篇小說「笑者愛因哈特」(Einhart der Lächler)還是不能十分得人理解。就是「潘士皮勒」(Panspiele 1909)與「可憐的掃箒匠」(Die armseligen Besenbinder 1913)二劇還是脫不離自然派的色彩。到了讚美歌「戰爭」(Krieg 1914)出世之後，他的表現派的本色才嶄然露頭角，然而不啻爲是年大戰預言。自是之後他的作品後來居上，其中以喜劇「鷓鴣」(Die Rebhühner 1916)，悲劇「托比亞的花鞋」(Tobias Buntschuh

1916）爲最;其次爲二本戲劇的記事「新的散文作品」(Neue Prosadichtunger),「不忠實的俄皇」(Der ablrumige Zar 1921），長篇小說「半路上」(Auf halbem Wege 1921)等極受現代的作家歡迎;然而他的前途尙是未可限量。

（4）霍卜特曼人稱爲「表現派之叔父,」至於衞得琴特(Frank Wedekind 1864-1912)卻不愧是該派的父親了。他是一個很神祕很彷彿,很奇怪的天才作家。他似乎有意規避簡單的,平常的;許多前輩雖然硏究到人生的深幽之境,而他卻更進一層而達至他的底境。他能夠舞弄觀者與讀者至於喜怒哀樂。

他的成功的戲劇是從他的兒童悲劇「春之醒」(Frühlings Erwachen 1891),與悲劇「地神」(Der Erdgeist 1895）與「判多剌之匣子」(Die Büchse der Pondora 1903),這都可算他的隨時隨地受人歡迎的傑作。而「春之醒」與其他悲劇如:「衞忒斯泰因宮殿」(Schloss Wetterstein 1910),「夫藍戚斯卡」(Franziska 1911)與「西謨孫」(Simson 1914),尤爲他的新社會的道德論所寄托的地方。他認道德爲專制的產品,而擁着不可撲滅的本能如:羞恥與妬忌,遂更被摧殘。而最受德國劇場歡迎的卻是戲劇「開特侯爵」(Der Marquis von Keith 1900),「音樂」(Musik 1907）與獨幕喜劇「官立音樂會之歌者」(Der Kammersänger 1900)。而他的絕筆作品「赫剌克里」(Herakles 1918) 卻尤堪稱爲情節動人格式新穎描寫精美的佳作。總而言之，他的戲劇極富有思想與閱歷，善直接薰托他的觀感，尤長理解人生的一切衝動，所以文學界奉他爲戲劇家領袖，以與霍卜特曼對抗。——但他的才幹不止表現在戲劇上面，就是他的小說如：「火器」(Feuerwerk)與「米內哈哈」(Mine Haha)以及他的詩集「四季」(Die vier Jahreszeiton)也是成熟的作品。不過惟獨學問很淵博，知識很豐富，意志很堅定的男子才能夠完全領略他的技術與思想。

（5）有一個陳義甚高不合時宜的作家亨利·曼(Heinrich Mann 1871—…)他極厭惡受本能的衝動，毫無意識的俗人，而理想着富有精神與學識的人物，所以他品評人物一以理智爲標準。他的作品也饒有思想，雄於筆力，能使自行尋繹他的眞意。

他的精力所注的作品是他的三合集的小說「菊廷根」(Gottingen 1902-03)，在裏面表現出最高的教育，政治的自由，無限的博愛的種種理想，以形容我們現在汚濁枯索的生活。至於「奇怪的」(Das Wunderbare)以及他的多數短篇小說「佛爾維亞」(Fulvia)等都是同種腔調；連他的兩本社會長篇小說「愛之探求」(Die Jagd nach Liebe)與「人種間」(Zwischen den Rassen)中不過表明人與社會的關係。

他的戲劇中收效最宏的是「雷格洛夫人」(Madame Legros 1914)是一本富有革命性的名劇；其次就推「臣下」(Untertan 1918) 卻是指摘革命前的政治狀況，尤對威廉二世而發。「取得實權的途徑」(Der Weg Zur Macht 1920)是描寫拿破崙當年騰達的情形。

（6）以喜劇著名的斯騰亥謨(Carl Sternheim 1881—…)他善以尖銳而刻露的筆鋒攻擊現代拜金，向上的中等階級。他的文字是深刻而雄邁，同時經了極精警而典雅的磨勵。他的論調是急烈而含有理性並且頗主張創立一種新的道德的與經濟的制度。

他的喜劇堪稱為現代德國第一流產品；含「一九一三年」「一九一三」(1913)之外，如「袴子」(Die Hose 1911)「金箱」(Die Kasetle 1912)，「市民細拍爾」(Bürger Schippel(1912)，「努力者」(Der Snob 1913) 等都是極著名的作品。

上述他的戲劇卻不能掠盡他的短篇小說之美；此類中如「部塞科」(Busekow)，「拿破崙」(Napoleon) 與「烏爾立克」(Ulrike) 都是很老到的作品。然而最成熟的還讓「非耳法克斯」(Fairfax 1921)。他的長篇小說「歐洲」(Europa 1920) 究不足稱。

（７）在表現派的戲劇家中占最大勢力的卻推開則耳(Georg Kaiser 1878–…)。他固然漸漸舍卻戲劇的各種技術，但藉着劇中人物的激昂與狂易卻愈足以吸引觀衆。他攻擊資本主義的經濟制度比一般表現派作家還激烈，我們可在他的戲劇「煤氣」(Gas 1918)與「珊瑚」(Koralle 1917)中看得出；而詆毀大都市生活尤爲淋漓盡致的，是他的「從早晨至中夜」(Von Morgens bis Mitternacht 1916)與「歌劇場內大火」(Brand in Opernhaus 1918)以及「窖，路，地」(Höhle, Weg, Erde 1920)。他的喜劇如「曆陶厄」(Der Zentauer 1918)，也像斯騰亥謨的一樣只供人娛樂，卻不像他的悲劇那樣專論現代的大問題。

（８）在他的論文「論文學界裏的表現派與新的創作」(Uber den Expressionismus in der Literatur und die neue Dichtung 1920)論表現派最爲深切著名的厄德士密特(Kasimir Edschmid 1890–)卻是一個有敍事天才而亦頗長於戲劇的小說家。他的戲劇雖只才出「刻安」(Kean 1921)一集，卻啓人無窮的期望了。

他的長篇小說最爲膾炙人口的是「瑪瑙球」(Die achatenen Kugeln 1919)，與「女公爵」(Die Fürstin 1918)。他的短篇小說集以「六個出口」(Die sechs Mündungen 1915)爲最佳；其次

還有「帖穆兒」(Timur 1916) 與「狂蕩的生活」(Der rasende Leben 1916)。

（9）此外以軍人而從事文藝，並且在戲劇上成功的溫洛(Fritz von Unruh 1895…)。他的頭角雖然露在「軍官」(Offiziere 1912)一劇，但他的藝術上的變遷卻在於大戰中。「一性」(Ein Geschlecht 1918) 一幕方才進入表現派之林；而「地位」(Platz 1920)一劇，雖為前者之第二部，但他於此攻擊武力政策與腐敗政治卻更為澈底。他的短篇小說「犧牲行」(Opfergang 1919) 可以代表現代德人對於戰爭的回顧與懺悔的心理。還有一個稱為「政治的戲劇家」的哈森克雷味 (Walter Hasenclever 1890-…)他的「兒子」(Der Sohn 1914)已帶有政治的色彩。自是他努力在他的戲劇格式中求適合他的性質，而又可垂永久的作品。其中最放肆不羈的是「人類」(Die Menschen 1918)。至於詩集「死去與復甦」(Tod und Auferstehung) 與戲劇「安提哥妮

彼岸」(Jenseits·1920)與「決定」(Entscheidung

（10）又其次就是攻擊現實生活最為激烈，並且主張用句讀來補文辭不足，以表情緒的詩人柏赫 (Johannes R. Becher 1891-…)。「失敗與勝利」(Verfall und Triumph 1914)，「告歐羅巴」( )(An

Europa 1916)「新詩」(Das neue Gedicht 1918)「為一種民族而作的詩集」(Gedichte für ein Volk 1919)「與羅忒的詩集」(Gedichte an Lotte 1919)「為上帝」(Um Gott 1920)都是現代有名的作品。

（11）還有一個怕奉表現派的信條，而他的作風卻愈趨愈近於表現派的作家約斯特（Hanns Johst 1890—…）。他的戲劇「孤寂者，一段人生晚景」(Der Einsame, ein Menschenuntergang 1919)與「國王」(Der König 1920)在文壇上都很有聲。

（12）還有那個善描驚恐駭愕的事變的詩人海謨（Georg Heym 1887-1912）。他的兩本詩集「永久之日」(Der ewige Tag 1910)與「暗淡的」(Umbra vitae 1912)表現他的天才；可惜不得其壽。

還有假名克拉逢特(Klabund)的亨士克(Alfred Henschke 1891—…)他是一個遊移性質，所以色彩很斑駁的作家。他的詩集「朝霞，克拉逢特，天亮了！」(Morgenrot, Klabund, die Tage dämmern! 1912)為最有精采。

第七章　結論

由上述看來，便曉得德國文學之變遷實由於社會之變遷（就是世界文學也莫不如是）與學術之進步。惟是文明日進，交通日繁，民族與民族間，國家與國家間，在精神及物質上之接觸愈密愈頻，可知將來德國文學之變遷必愈趨愈急，愈轉愈速。

至於派別如何，流演如何，此皆已然的之標定而已。惟吾所可預卜的是作者之成功與傾向固由於社會——環境，而其本性實爲其傾向之主宰。大率詩人傾向不外感情，幻想與理智而已。將來之德國作家任其如何變遷，總不外爲此三要素排列式表象而已。

惟有二點最爲德國文學上之定案：

一、是文學的種類日以繁衍，文學的格式日以簡化，文學的質量日以減少是也。文學種類之繁衍，實由於各國文學逐漸接觸之所致。文學格式之簡化與文學的質量之減少，其主因則在於社會生活之艱難，文學家漸須重視其生活，勢不能再如古人可以終身獻身於文藝並且今之文學漸趨於民衆化，韻文的作品難爲一般人所了解。故今文學作品中，不第戲劇早已散文化，方言化，就是詩歌也白話化了；尼采所以稱爲最稱文學的開山者，就是打破此種桎梏思想的格式樊籠。況且現在事件日繁，娛樂種類亦增，從前長篇累牘之作品，只能供閑人與文學者之欣賞與供鑒而已。若欲博一般心理之歡迎，則非精警之短篇作品莫屬。是故利利安克綸之小說詩歌，和夫曼茲喀爾之短篇戲劇，皆應此時勢而起者也。

二、是文學的對象之擴大。蓋自古典派以來，文學對象不過王侯貴族而已。至於浪漫派時代，騎士的掌故遂爲文學對象之中心。洎乎寫實派盛行，文學家所謳歌的多爲中等階級與資本家，夫賴塔斯，悲爾哈根，其尤著者也。至於自然派得勢時，於是不惟工廠中之工人，商店中之職員等所謂第四階級成文學對象之主體，就是流氓盜匪此類「第五階級」的人物亦爲文學作品中的主人翁。至於最近的表現派則更進一層，他們打破或階級或部分的提高而提出全民族，全人類做他們的對象。將來這種傾向究竟如何，然而他的擴大性固可斷言也。

德意志民族不滅，德意志文學終也不滅，我們只好拭目徐觀其變而已。

附　　刊

(1) 作　者　索　引

人名	頁碼
Alexis	75
Anzengrüber	96
Arndt	60
Arnim	59
Auerbach	93
Bahr	125
Barkhusen	25
Becher	151
Bierbaum	141
Bleibtreu	111
Bodenstedt	80
Bodmer	34
Böhlau	118
Brant	25
Breitinger	34
Brentano	59
Bürger	55
Busch	81
Chamisso	63
Claudius	55
Conrad	111
Dach	30
Dahn	93
Däubler	144
Dehmel	131
Droste-Hülshoff	60
Ebers	101
Ebner-Eschenbach	98
Edschmid	150
Eichendörf	60
Ekkehard	19
Ernst, Paul	141
Ernst, Otto	123
Eschenbach	23
Eulenberg	141
Fallersleben	75
Finkh	127
Fischart	28
Fleming	31
François	101
Frank	121
Franzos	101
Freiligrath	74
Frenssen	123
Freksa	140
Frey	140
Freytag	91
Gärtner	34

Geibel	80	Gutzkow	71	Heine	69
Gellert	36	Hagedorn	35	Heinrich von Veldeke	23
Gerhardt	31	Halbe	111	Holderlin	67
Gleim	35	Haller	35	Henkell	112
George	133	Handel-Mazzetti	122	Henschke	152
Goethe	44	Hans Sachs	28	Herder	43
Gött	134	Hansjakob	101	Herzog	123
Gottfried v. Str.	23	Hardt	136	Herweh	75
Gottsched	33	Hart	104	Hesse	125
Gottschedin	33	Hartleben	111	Heym	152
Greif	82	Hartmann von Aue	23	Heyse	80
Grillparzer	66	Hasenclever	151	Hoffmannswaldau	30
Grimm	60	Hauff	65	Hofmannsthal	135
Grimmelhausen	31	Hauptmann, G.	107	Höltz	55
Groth	93	Hauptmann, K.	146	Holz	112
Gryphius	31	Hebbel	84	Hrotswitha	19
Günther	35	Hebal	55	Huch	138

Humboldt A. & W. 57
Hutten 28
Immermann 73
Johst 152
Kaiser 150
Keller 90
Kellermann 121
Kerner 65
Kerr 127
Keyserling 128
Kinkel 75
Klabund 152
Kleist, E. von 35
Kleist, H. von 62
Klinger 54
Klopstock 38
Körner 61
Kurz, H. 94
Kurz, I. 120
Lenau 65
Lenz 54
Lessing 39
Liliencron 105
Lohenstein 30
Ludwig 86
Luther 27
Mann, H. 148
Mann, T. 117
Meyer 97
Meyrink 137
Momsen Th. & Ty. 89
Möriko 81
Motte-Fouqué 65
Müller 65
Münchhausen 138
Murner 28
Nietzsche 130
Nother 20
Novalis 59
Opitz 30
Otfrid 19
Platen 67
Ponten 139
Polenz 124
Pytheas v. M. 17
Raabe 100
Rabner 35
Reimann 140
Reuter 87
Richter 56
Rilke 133

Rosegger 99
Rückert 61
Ruederer 119
Schack 80
Schaeffer 141
Schäfer 141
Schaukal 139
Scheffel, J. 82
Scheffel, V. 64
Scheffer 31
Schenkendorf 61
Schiller 50
Schlaf 104
Schlegel 59
Schmidtbonn 137
Schnitzner 111
Scholz 136
Schönherr 116
Schubart 54
Schwab 65
Seidel 101
Spee 31
Spielhagen 99
Stavenhagen 117
Sternheim 149
Stifter 92
Stollberg 55
Storm 89
Strauss 126
Stucken 138
Sudermann 106
Thoma 119
Tieck 59
Uhland 63
Ulfilas 4
Unruh 151
Viebig 112
Voss 55
Wagner 78
Walter 23
Weber 82
Wedekind 147
Werfel 145
Widukind 20
Wieland 41
Wilbrandt 81
Wildenbruch 81
Zahn 122

(2) 名 著 年 表

年代	譯名		原書名	著者
約 350	聖經譯本	[譯本]	Bibelübersetzung	Ulfilas
750	喜爾德布藍歌	[史詩]	Hildebrandslied	?
830	赫利安	[聖詩]	Heliand	?
870	福音書	[譯本]	Evangelienbuch	Otfrid
約 1050	馬利亞歌集	[頌歌]	Marienlieder	?
約 1190	泥柏隆恩歌	[史詩]	Nibelungenlied	?
約 1200	可憐的亨利	[史詩]	Der arme Heinrich	Hartmann von Aue
„	戀歌集	[情歌]	Minnelieder	Hartmann von Aue
約 1205	帕穆法爾；戀歌	[史詩]	Parzival; Minnelieder	Eschenbach
„	特里斯特與伊索爾德；戀歌		Tristan u. Isolde; Minnelieder	Gottfried
約 1210	谷德綸歌	[史詩]	Gudrunlied	?
約 1180-1230	戀歌	[情歌]	Minnelieder	Walter
1494	愚人船	[諷詩]	Narrenschiff	Brant
1498	賴因刻狐子	[諷詩]	Reynke de Vos	Barkhusen
1522-1534	聖經譯本；教會詩歌		Bibelübersetzung; Kirchenlieder	Luther
約 1500-1540	匠歌	[什歌]	Meistergesänge	Hans Sachs
1663-1665	和里比力克里布里法斯	[敘述]	Horribilicribrifax	Gryphius
1669	單純主義	[長小]	Simplizissimus	Grimmelshausen
1724	頌歌	[抒詩]	Die Oden	Klopstock
1748-1772	麥息亞斯	[敘詩]	Der Messias	Klopstock
1759	文學尺牘	[批評]	Literaturbriefe	Lessing
1766	阿加吞	[自傳小說]	Agathon	Wieland

年代	譯名	原書名	著者
1766	拉奧昆 [批評]	Laokoon	Lessing
1767	密那豐班赫謨 [喜劇]	Minna von Barnhelm	Lessing
,,	漢堡劇評學 [批評]	Die Hamburger Dramaturgie	Lessing
,,	近世德意志文學斷片 [批評]	Fragmente über die neuere deutsche Literatur	Herder
1770	詩集 [悲抒詩]	Gedichte	Hölty
,,	敍事的抒情詩;勒諾勒 [敍抒詩]	Ballanden: Lenore	Bürger
1772	厄密利亞加羅特 [散悲劇]	Emilia Galotti	Lessing
,,	塞西安諸王 [小說]	Die Könige von Schesihian	Wieland
1773	革次豐柏力欣恩 [戲劇]	Götz von Berlichingen	Goethe
1774	少年維特之煩惱 [情小]	Die Leiden des jungen Werthers	Goethe
,,	愚人 [諷小]	die Abderiten	Wieland
1778	歌中之民意 [民歌集]	Stimmen der Völker in Liedern	Herder
,,	普魯士擲彈兵歌集 [戰歌]	Lieder eines preu. Granadiers	Glein
1779	哲人拿但 [哲劇]	Nathan der Weise	Lessing
1780	奧柏綸 [敍詩]	Oberon	Wieland
1782	劫賊 [社劇]	Die Räuber	Schiller
1783	路易塞 [山歌]	Luise	Vase
,,	飛斯科作亂 [政詩]	Die Verschwörung des Fiesco	Schiller
1784	陰謀和愛情 [社詩歌]	Kabale und Liebe	Schiller
1787	頓卡羅斯 [社詩歌]	Don Carlos	Schiller
,,	厄格夢特 [散政劇]	Egmont	Goethe
,,	伊菲日尼 [詩劇]	Iphigenie auf Tauris	Goethe
1789	托夸托.塔索 [戲劇]	Torquato Tasso	Goethe
,,	浮士德第一集 [哲詩劇]	Faust I. Teil	Goethe
1791	對於歷史哲學之觀念 [批評]	Ideen zur Philosophie der Geschichte	Herder

年代	譯名		原書名	著者
1793	來因厄克狐	[敍詩]	Reinecke Fuchs	Goethe
„	知足的小學校長之生活	[心短小]	Leben des vergnügten Schulmeisterlein Maria Wuz in Auental	Richter
1796	唱酬詩集	[抒詩]	Die Xenien	Schiller u. Goethe
„	非克來円之生活	[心短小]	Leben des Quintus Fixlein	Richter
„	濟本探斯	[心小]	Siebenkäs	Richter
1797	赫爾曼和多洛退亞	[敍詩]	Hermann und Dorothea	Goethe
„	促進博愛的尺牘	[批評]	Briefe zur Beförderung der Humanität	Herder
„	威廉師父的教授年紀	[教小說]	Wilhelm Meisters Lehrjahre	Goethe
„	鐘之歌	[哲歌]	Die Glocke	Schiller
„	詩歌	[宗詩歌]	Gedichte	Novalis
1798	敍事的抒情詩	[敍抒詩]	Die Balladen	Schiller, Goethe
„	華倫斯泰因	[悲劇]	Wallenstein	Schiller
1799	馬利亞斯圖亞特	[史悲劇]	Maria Stuart	Schiller
1800	提坦	[心小]	Titan	Richter
„	詩集		Gedichte	Hölderlin
1801	奧爾良之少女	[愛國史劇]	Die Jungfrau von Orleans	Schiller
1803	麥息那新婦	[史劇]	Die Braut von Messina	Schiller
„	士洛汾斯泰因家庭	[悲劇]	Die Familie Schroffenstein	Kleist
„	阿勒曼人詩集	[山歌集]	Alemanische Gedichte	Hebel
1804	威廉.武爾	[愛國劇]	Wilhelm Tell	Schiller
„	打破了的提壺	[喜劇]	Der zerbrochene Krug	Kleist
„	發育時代	[心長小]	Die Flegeljahre	Richter
1805	安非特綸	[喜劇]	Amphitryon	Kleist
„	少年的魔笳	[民間歌集]	Der Knaben Wunderhorn	Brentano & Arnim

年代	譯名		原書名	著者
1805	來因之好友	[山歌集]	Der Rheinische Hausfreund	Hebel
1806	盆武息雷阿	[喜劇]	Penthesilea	Kleist
„	誓言	[叙詩]	Der Eid	Herder
1808	米哈厄爾科爾豪斯	[短小]	Michael Kohlhaus	Kleist
„	渾堡之王子	[悲劇]	Friedrich Prinz von Homburg	Kleist
„	詩歌集	[詩歌]	Gedichte	Uhland
„	詩歌集	[愛國詩]	Gedichte	Eichendörf
„	詩歌集	[旅詩]	Gedichte	Arndt
1809	赫爾曼之戰	[愛國劇]	Die Hermannsschlacht	Kleist
„	親和力	[長小]	Die Wahlverwandtschaften	Goethe
1810	亥爾布綸之小卡特	[史劇]	Das Kätchen von Heilbronn	Kleist
1811-14	造作與眞實	[自傳小說]	Dichtung und Wahrheit	Goethe
1812	茲靈尼	[史悲劇]	Zriny	Körner
„	兒童和家庭的童話	[童話]	Kinder und Hausmärchen	Grimm
1813	彼得士勒密爾	[童話]	Peter Schlemihl	Chamisso
1814	網與劍	[尚武歌]	Leier und Schwert	Körner
1815	詩歌集	[抒詩]	Gedichte	Chamisso
1816	遠祖母	[悲詩劇]	Die Ahnfrau	Grillparzer
1817	伊倫斯特	[戲劇]	Ernst von Schwaben	Uhland
1818	薩坡	[悲劇]	Sappho	Grillparzer
1819	巴威人路易	[愛國劇]	Ludwig der Bayer	Uhland
„	一個無用人的生平	[短小]	Aus dem Leben eines Taugenichts	Eichendörf
1821	金羊皮	[悲劇]	Das goldene Vliess	Grillparzer
1823	歸來	[抒詩]	Heimkehr	Heine
1824	哈次旅行記	[旅記]	Die Harzreise	Heine

年代	譯名	原書名	著者
1825	郭托卡王之幸福與結果 〔史悲劇〕	König Ottokars Glück und Ende	Grillparzer
1826	光石 〔長小〕	Lichtenstein	Hauff
1827	詩集 〔抒詩〕	Buch der Lieder	Heine
1828	森多米耳的寺院 〔短小〕	Das Kloster von Sendomir	Grillparzer
1829	威廉師父的遊歷年記〔教小說〕	Wilhelm Meisters Wanderjahre	Goethe
1830	詩歌集 〔愛國歌〕	Gedichte	Rückert
„	小吐林芬特 〔史詩〕	Tulifäntchen	Immermann
1831	海與愛之波 〔史劇〕	Des Meeres und der Liebe Wellen	Grillparzer
1832	浮士德第二集 〔哲詩劇〕	Faust II. Teil	Goethe
„	寰球旅行記 〔遊記〕	Die Reise um die Welt	Chamisso
„	麥耳林 〔劇詩〕	Merlin	Immermann
„	畫家諾耳騰 〔長小〕	Maler Nolten	Mörike
1834	夢是一種生活 〔童話〕	Der Traum ein Leben	Grillparzer
1835	詩歌集 〔抒詩〕	Gedichte	Lenau
1838	詩歌集 〔自然詠歌〕	Gedichte	Mörike
„	可憐說謊者 〔喜劇〕	Weh'dem, der lügt	Grillparzer
1840	猶太 〔戲劇〕	Judith	Hebbel
„	詩歌集 〔風景詩〕	Gedichte	Droste
„	古典派古代的故事 〔故事〕	Die Sagen des klassistischen Atlertums	Schwab
„	詩歌集 〔敍抒詩〕	Gedichte	Geibel
1841	給諾未發 〔悲劇〕	Genoveva	Hebbel
1843	馬格德雷那 〔平民悲劇〕	Maria Magdelena	Hebbel
„	飛行的荷蘭人 〔歌劇〕	Der fliegende Holländer	Wagner
„	黑林鄉村故事 〔故事〕	Schwarzwälder Dorfgeschichten	Auerbach
1844	研究集 〔自然敍述〕	Studien	Stifter

年代	譯名		原書名	著者
1845	席勒爾鄉居數年記		Schillers Heimatjahre	Dahn
„	詩歌集	[敍抒詩]	Gedichte	Hebbel
1847	阿科斯塔	[悲劇]	Uriel Acosta	Gutzkow
1848	立部薩	[宗劇]	Libussa	Grillparzer
„	可憐的彈奏者	[短小]	Der arme Spielmann	Grillparzer
1850	史詩集	[史詩]	Romanzero	Heine
„	強毅的騎士	[長小]	Ritter vom Geiste	Gutzkow
„	世襲林師	[悲劇]	Der Erbförster	Ludwig
„	赫洛得斯與馬利安湼	[女悲劇]	Herodes und Mariamne	Hebbel
„	音樂界裏猶太人	[批評]	Das Judentum in der Musik	Wagner
1851	阿格湼斯本緇厄	[社劇]	Agnes Bernauer	Hebbel
1852	新聞記者	[喜劇]	Die Journalisten	Freytag
„	人生之源	[抒詩]	Quickborn	Groth
„	斯圖加特的小胡策爾曼	[短小]	Das Stuttgarter Hutzelmännlein	Mröike
1853	人欠欠人	[小說]	Soll und Haben	Freytag
„	塞欽恩之喇叭手	[情詩]	Der Trompeter von Säckingen	Scheffel
„	花石	[自然敍述]	Bunte Steine	Stifter
„	逸事與雋語	[笑林]	Läuscher von Rimels	Reuter
1854	沙菲之歌集	[詩歌]	Lieder des Mirza Schaffy	Bodenstedt
„	基革斯與他的戒指	[悲劇]	Gyges und sein Ring	Hebbel
„	在乎天地之間	[長小]	Zwischen Himmel und Erdé	Ludwig
„	綠衣的亨利	[長小]	Der grüne Heinrich	Keller
1855	厄克哈特	[史小]	Eckehard	Scheffel
„	馬卡巴人	[聖詩悲劇]	Die Makkabäer	Ludwig
„	到普刺格去的摩紮特	[短小]	Mozart auf der Reise nach Prag	Mörike

年代	譯名		原書名	著者
1855-1914	短篇小說集:拉刺比亞塔	[短小]	Novellen; L'arabiata	Heyse
1856	海武勒泰	[長小]	Die Heiteretei	Ludwig
1856-1888	短篇小說集;歌集	[短小][抒詩]	Novellen; Gedichte	Storm
1857	母與子	[敘詩]	Mutter und Kind	Hebbel
,,	小巷的年代記	[長小]	Die Chronik der Sperlingsgasse	Raabe
,,	不是故土	[敘詩]	Kein Häusung	Reuter
1858	服耳得革勒	[故事]	Voer der Goere	Groth
,,	羅馬騎士	[長小]	Der Zauberer von Rom	Gutzkow
1859-1863	香謝了的甘菊	[故事]	Olle Kamellen	Reuter
1860	翰涅女特和小狗	[敘詩]	Hanne Nüte unde lütle Pudel	Reuter
,,	木壺	[敘詩]	De Heisterkrog	Groth
,,	猶太籍	[鄉短小]	Die Judenbuche	Droste
,,	成爲問題的人物	[長小]	Problematische Naturen	Spielhagen
1861	泥柏隆恩	[史悲劇]	Die Nibelungen	Hebbel
1863	森林中之人	[小說]	Die Leute aus dem Walde	Raabe
,,	得麥得立烏斯	[史悲劇]	Demetrius	Hebbel
1864	饑牧師	[長小]	Der Hungerpastor	Raabe
,,	埃及公主	[史小]	Die ägyptische Königstochter	Ebers
1865	特里斯坦與伊索爾德	[悲劇]	Tristan und Isolde	Wagner
,,	鞣皮匠與其女	[敘詩]	Rotgetermeister Lang un sin Dochter	Groth
1866	罕斯蘭革	[民劇]	Hans Lange	Heyse
1867	半亞細亞軼事	[自然敘述]	Aus Halbasien	Franzos
,,	告得阿穆斯	[行樂詩]	Gaudeamus	Scheffel
1868	努因堡之善歌者	[歌劇]	Die Meistersinger von Nürnberg	Wagner

年代	譯名		原書名	著者
1869	風式琴與刀砧	[長詩]	Zither und Hackbrett	Rosegger
„	歌劇與戲劇	[批評]	Oper und Drama	Wagner
1870	啓耳喜斐爾德	[戲劇]	Der Pfarrer von Kirchfeld	Anzengrüber
1871	假誓的農夫	[社悲劇]	Der Meineidbauer	Anzengrüber
„	最後之勒甕堡夫人	[長小]	Die letzte Reckenburgerin	François
„	胡騰之最後數日	[敘詩]	Hutten letzte Tage	Meyer
1872-1917	鄉村短篇小說集	[鄉短]	Dorfnovellen	Rosegger
1872-1888	詩歌集	[抒詩]	Gedichte	Nietzsche
1873	森林故鄉	[鄉小]	Waldheimat	Rosegger
1873-1885	短篇小說集	[短小]	Novellen	Meyer
1874	耶那次	[長小]	Jürg Jenatsch	Meyer
„	良心之蟲	[喜劇]	Das Gewissenswurm	Anzengrüber
1875	森林學校校長的字據	[鄉小]	Schriften der Waldschulmeisters	Rosegger
1876	泥柏隆恩的戒指	[祝歌劇]	Der Ring des Nibelungen	Wagner
„	恥之玷	[鄉小]	Der Schandfleck	Anzengrüber
„	第四誡	[社悲劇]	Das vierte Gebot	Anzengrüber
1877	空庭	[戲劇]	Der ledige Hof	Anzengrüber
„	羅馬之爭	[小說]	Der Kampf um Rom	Dahn
„	女修道士歷劫記	[長小]	Der Roman des Stiftsdame	Heyse
1878	十三株菩提樹	[敘詩]	Dreizehnlinden	Weber
1880	松脂與松針	[長詩]	Tannerharz und Fichtennadeln	Rosegger
„	迦伯列	[鄉小]	Heidepeters Gabriel	Rosegger
„	格言集	[格言]	Aphorismen	Ebner
„	聖人	[長小]	Der Heilige	Meyer
„	兒時軼事	[敘述]	Aus meiner Jugendzeit	Hansjakob

年代	譯名		原書名	著者
1880	使徒	[小說]	Die Apostel	Hauptmann
1880-1908	戲劇集；敘述集	[戲劇][敘述]	Dramen; Erzählungen	Wildenbruch
1881-1915	鄉村敘事集	[鄉敘]	Dorferzählungen	Hansjakob
1881	喀羅隣氏	[戲劇]	Die Karolinger	Wildenbruch
1882	讀書時軼事	[敘述]	Aus meiner Studienzeit	Hansjakob
”	勒布勒喜特小雞	[長小]	Lebrecht Hühnchen	Seidel
”	帕息法爾	[神劇]	Parcifal	Wagner
1883-1891	察拉圖斯特剌這樣說	[散詩]	Also sprach Zarathustra	Nietzsche
1883	探神者	[鄉小]	Der Gottsucher	Rosegger
1883-1889	村莊和宮庭故事	[鄉小]	Dorf und Schlossgeschichte	Ebner
1884	隕石院	[鄉小]	Der Sternsteinhof	Anzengrüber
”	兒童淚	[敘述]	Kindertränen	Wildenbruch
1884-1908	詩歌集	[抒情]	Gedichte	Liliencron
1885-1886	日記	[日記]	Tagesbücher	Hebbel
1886	向西去的列車	[敘小]	Der Zug nach dem Westen	Lindau
1887	佩斯卡剌的誘惑	[長小]	Die Versuchung des Pescara	Meyer
”	村兒	[鄉小]	Das Gemeindekind	Ebner
”	憂愁夫人	[長小]	Frau Sorge	Sudermann
1888	剌久美得爾與老威瑪之故事	[故事]	Ratsmädel und Altweimargeschichte	Böhlau
”	雅谷最後之人	[鄉小]	Jacob der Letzte	Rosegger
”	貓橋	[長小]	Der Katzensteg	Sudermann
1889	名譽之玷	[悲劇]	Der Fleck auf der Ehre	Anzengrüber
1889-1918	名譽及其他戲劇	[悲劇]	Ehre und andre Dramen	Sudermann
” ”	日出以前及其他	[戲劇]	Vor Sonnenaufgang und andre Dramen	Hauptmann

年代	譯名		原書名	著者
1890	不可逭	[宮小]	Unsühnbar	Ebner
„	戰爭短篇小說	[戰短小]	Kriegsnovellen	Liliencron
„	妖術者	[喜劇]	Der Schwarzkünstler	Gött
1890-1918	詩歌集	[抒情]	Gedichte	Georg
1891-1918	詩歌集	[抒詩]	Gedichte	Dehmel
1892	機織工	[社悲劇]	Die Weber	Hauptmann
1892	哥利亞特	[叙詩]	Goliath	Weber
„	高尙之血	[叙述]	Der edle Blut	Wildenbruch
1892-1914	詩歌集；戲劇集	[戲劇][抒詩]	Gedichte; Dramen	Hoffmannsthal
1893	普來登夫之牧師	[牧小]	Der Pfarrer von Breitendorf	Polenz
„	海狸之皮	[諷劇]	Der Bibelpelz	Hauptmann
„	韓湼勒之升天	[戲劇]	Hanneles Himmelfahrt	Hauptmann
„	青年	[情劇]	Jugend	Halbe
1894	小鹿	[劇詩]	Edelwied	Gött
„	祭旗	[喜戲]	Fahnen weihe	Ruederer
„	同伴克蘭普呑	[悲劇]	College Crampton	Hauptmann
1895	步賤農夫	[長小]	Der Büttenbauer	Polenz
„	厄菲布里斯特	[長小]	Effi Briest	Fontane
„	[嬌媚]	[短小]	Liebelei	Schnitzler
„	意大利叙談	[叙述]	Italienische Erzählungen	Kurz, I.
1895-1918	戲劇集；叙述集	[戲劇][故事]	Dramen; Erzählungen	Schönherr
1896	調車站	[長小]	Der Rangierbahnhof	Böhlau
1897	壕上獵者	[長小]	Der Grabenjäger	Polenz
„	永久之光	[鄉小]	Das ewige Licht	Rosegger
„	母親的權限	[長小]	Das Recht der Mutter	Hartleben

年代	譯名		原書名	著者
1898	福圖那塔的咬痕	[戲劇]	Fortunato Biss	Gött
,,	道德上之要求	[諷劇]	Die sittliche Förderung	Hartleben
1899	芒刺	[長小]	Der Stechlin	Fontane
,,	摺帶	[悲劇]	Fitzebutze	Dehmel
1900	開特侯爵	[戲劇]	Der Margis von Keith	Wedekind
,,	薔薇之日曜日	[諷劇]	Rosensontag	
,,	對於藝術,上帝,及世界的觀察	[批評]	Betrachtungen über Kunst, Gött, und Welt	Dehmel
,,	做教育家的夫拉斯曼		Flachsmann als Erzieher	Ernst, Otto
1901	我的天國	[鄉小]	Mein Himmelsreich	Rosegger
,,	賈蘭夫人	[短小]	Frau Berta Garlan	Schnitzner
,,	約翰烏爾	[小說]	Jörn Uhl	Frenssen
,,	部登布洛克斯族	[長小]	Die Buddenbrooks	Mann, Thomas
1901-1919	戲劇集;敘述集	[戲劇][敘述]	Dramen, Erzählungen	Thoma
1901-1904	詩歌集	[詩歌]	Gedichte	Holz
1902	道德	[喜劇]	Moral	Thoma
,,	畫像集	[抒集]	Buch der Bilder	Rilke
1902	友人亥因	[長小]	Freund Hein	Strauss
,,	穆每	[戲劇]	Mutter Mews	Stavenhagen
,,	守在來因	[小說]	Die Wacht um Rhein	Viebig
,,	浪漫派盛衰記	[論文]	Blütezeit und der Verfall der Romantik	Huch, Ricarda
1902-1903	菊廷根	[小說集]	Gottingen	Mann, H.
1903	兩人	[史詩]	Zwei Menschen	Dehmel
,,	倬阿忒與馬賽勒	[長小]	Beate und Mesaille	Keyserling
1904	卡門親德	[長小]	Peter Camenzind	Hesse

年代	譯名		原書名	著者
1904	敘事的抒情詩與騎士的詩歌	〔詩歌〕	Die Balladen und ritterlichen Lieder	Münchhausen
,,	灰色與金色	〔短小集〕	Grau und Golden	Stavenhagen
,,	惡少故事	〔故事〕	Lausschbubengeschichten	Thoma, L.
1905	坡雅士	〔敘述〕	Der Pojaz	Franzos
,,	君士坦士的猶太人	〔戲劇〕	Der Jude von Konstanz	Herzog
,,	威斯哥登族	〔小說〕	Die Wiskottens	Herzog
,,	服斯特	〔農長小〕	Andreas Vost	Thoma
,,	日常的英雄	〔短小〕	Heeden des Alltags	Zahn
,,	車輪下	〔長小〕	Unterm Rad	Hesse
1906	改換生涯	〔喜劇〕	Mauserung	Gott
,,	煩悶的日子	〔短小〕	Schwule Tage	Keyserling
,,	業塞和馬利亞	〔戲劇〕	Jesse und Maria	Handel-Mazzetti
,,	玫瑰博士	〔敘述〕	Der Rosendoktor	Finkh
,,	溶雪風	〔短小〕	Firnwind	Zahn
1907	大地	〔喜劇〕	Erde	Schönherr
1909	革特的遺訓錄	〔格言〕	Aus Gotts Nachlass	Gött
1910	北光	〔敘詩〕	Das Nordlicht	Däubler
,,	信仰與故鄉	〔悲劇〕	Glaube und Heimat	Schönherr
,,	剌潘策爾	〔村故事〕	Rapunzel	Finkh
,,	可憐的馬加勒特	〔戲劇〕	Der arme Magaret	Handel-Mazzetti
1911	到特里普斯特里爾的旅行記		Die Reise nach Tripstrill	Finkh
,,	世界之友		Der Weltfreund	Werfel
,,	伊塞僕斯	〔自傳小說〕	Isebies	Böhlau
1912	各人	〔童話劇〕	Jedermann	Hoffmannsthal

年代	譯名		原書名	著者
1912	威尼斯地方之死亡	[短小]	Der Tod in Venedig	Mann, Thomas
,,	赤裸裸的人	[長小]	Der nachte Mann	Strauss
1913	一九一三年	[喜劇]	1913	Sternheim
,,	細麟與革耳特綸德	[喜劇]	Schirin und Gertrunde	Hardt
1914	戰爭	[頌歌]	Krieg	Hauptmann, K.
,,	牧師沙托涅的社會	[喜劇]	Die Gesellschaft des Abbé' Châteauneuf	Stucken
,,	雷格洛夫人	[戲劇]	Madame Legros	Mann, H.
1915	女公爵	[短小]	Die Fürstin	Frank
1917	瓦爾浦吉之夜	[長小]	Walpurgisnacht	Meyrink
1918	赫剌克里	[悲劇]	Herakles	Wedekind
,,	世界音樂	[詩集]	Weltmusik	Henkell
1919	白人的救世主	[史劇]	Der weise Heiland	Hauptmann
,,	犧牲行	[短小]	Der Opfergang	Unruh
,,	十八粒彈子	[長小]	Die achtzehn Kugeln	Edschmid
,,	巴比倫鐘樓	[長小]	Der babylonische Turm	Ponton
,,	德米安	[長小]	Demian	Hesse
1920	光線下的世界	[遊記]	Die Welt im Licht	Kerr
,,	鏡中人	[劇詩]	Der Spriegelmensch	Werfel
,,	慰安婦人	[戲劇]	Die Frostin	Frank
,,	論…的表現派	[論文]	Über Expressionismus	Edschmid
,,	那邊	[戲劇]	Jenseits	Hasenclever

敬啟

『民國專題史』叢書，乃民國時期出版的著名學者、專家在某一專題領域的學術成果。所收圖書絶大部分著作權已進入公有領域，但仍有極少圖書著作權還在保護期内，需按相關要求支付著作權人或繼承人報酬。因未能全部聯系到相關著作權人，請見到此説明者及時與河南人民出版社聯系。

聯系人　楊光
聯系電話　0371-65788063